新通桥之恋

The Love Of Xintong Bridge

余勉 著

长江出版传媒
长江文艺出版社

目 录
contents

午夜之喑

发冷的眼泪
浸泡
胭脂、粉
这是生命的福尔马林吗?
像餐桌上的苹果，保鲜期
有二十几年？

你取下甲胄
赤手与内心搏斗
打开酒精之门
疯狂的痉挛
戴着假睫毛
那星星，像谁眨着眼睛？

穿过梦 、吊环与平衡木
脚尖踮起
倾斜的姿势
你倒下
任一只手捡起散落的花
插进颓废的花瓶

这没有什么
咬着牙
你撕破睡衣
在午夜睡成基督
让床背着你走过痛苦

红粉记

1

姐姐像一缕丝绸一样飘在忧郁的黑暗中。姐姐的哀求很白。泪光中你看到了从她眼中溢出的牵牛花。那花连着长长的茎，一点一点地，把你缠死。

你点头了。也许是下意识的，也许不是。总之你点头了，泪盈盈的。

姐姐比你大 11 岁，都 32 岁了。姐姐是世上你唯一的亲人，与你风雨相伴了 20 多年。

姐姐从来就没有求过你。今天她求了，说话时断断续续，充满了停顿。

姐姐说那话时很慌，眼直直地看着你。那种犹豫，那种无助，是你从来没有看到过的。姐姐的鱼尾纹里匿藏了许多苦衷。你一抬眼它们就全流出来了，红的粉的黑的，苦的酸的辣的……

你身上的每一个器官都是崭新的，那子宫，那乳房，你从来就没有意识到，姐姐看见别人孩子时的目光。姐姐是残缺的，在她身体内部，切了半个子宫。

子宫是胎儿的家。你很小就没有了家。有家的时候，你就有了一个姐夫。他对你们都很好。那时你还很小，扎着羊角辫，在读初中。

后来，你上大学去了。只有一次，你发现姐姐老了，那鱼尾纹细细密密地网着她的丹凤眼。你想哭，但被姐夫发现了。姐夫说青青你怎么了。姐夫依然很年轻，身强力壮的，从业务员一直升到了区域总经理。

姐夫也想要一个孩子。他们一起去过很多医院，但毫无结果。姐夫想到孤儿院抱养一个，但姐姐不知为什么不肯。

姐姐向你说出那句话时，你的脸很白，然后就红了。姐姐说明天就是国庆节了，如果你同意，我就去云南了。

姐姐的忧伤，在体内淤积着，你能看得出。你看得出她的身子很轻，轻得像一片剪纸，窗帘一动，就被风刮走了。

你第一次、第二次、第三次地看着镜子中那个你，当你看到第 21 次时，你莫名地哭了。你的声音很大，几乎吓住了姐夫。

你没有开门，敲门声停了以后，又响了起来。

寂静，像停止开放的花儿，失去了芳香，像你手中的拉线木偶，断了线。

光线在西移，在模糊，一圈一圈地让你陷入黑暗。

乱。扯开线头的线团。猫爪。

一种声响割断了一切。红色的女人之星，短信：旗袍就在衣橱的最里边，我只在结婚的时候穿过一次，你姐夫喜欢。

水很凉。你开始洗自己了，一点一点地洗，像小时候和姐姐一起洗萝卜，只为了一斤赚上一毛钱。姐姐的手那一年都冻肿了。姐姐说什么也不让你洗。

你又哭了，很细的声音，像莲蓬里的水流，漫过你的双乳。

其实，姐夫没有什么不好的，除了因为他是姐夫，除了因为姐姐，姐姐那忧伤的、暗淡的、饱含泪水的眼睛。

你知道姐姐信任你，就像信任她自己，但你信任自己吗？这荒唐的、有悖于道德的请求，你怎么就默许了？

你很小的时候，就喜欢姐夫那宽宽的肩，那有力的臂膀。你没有过父爱。所有的补给像潜流，它滋养你时，你不知道爱。你认为那是自然的，应该的。

爱是复杂的，是沼泽也是天堂。

夜最浓的时候，你终于盛开了，像滴血的玫瑰，妖娆，怒放。

一尊泥塑，一尊一触即倒的泥塑，呆呆的、愣愣的……

是你姐……你没有让他说完。你摸他的脸。他的脸开始很凉，后来就热了。

你也热了，沸腾了。身体内的岩浆，在不停地寻找着出口。

他解你旗袍扣子的手很急。你平躺着。你只能看到他的脸，他银灰色的面颊，他漆黑的如夜的头发……

2

我叫青青，叶青青；我姐叫兰兰，叶兰兰；我姐夫叫浩然，刘浩然。刚开始的时候，我们不是一家人，后来是了，但现在又不是了。我感觉我是一个害虫。我把自己从那个家里剔除出来了。

我只身来到上海已经有两年多了。我没有告诉任何人，包括我的姐姐和姐夫。

我不喜欢这种突然消失的方式，因为它有点像人间蒸发，但我只有这样才能摆脱自己的心魔，像摆脱深渊一样摆脱那一切。

萨特说他人即地狱。我想我自己更是。

我不恨姐姐。事情已经过去好久了，好久意味着忘记，一切化为乌有。

我没有怀孕。直到现在，我还像一片柳叶一样青青，是的，叶青青。站在镜子前，我喊着自己的名字，我的身体，还像这个名字一样芬芳。

姐姐也许老多了。老，不光是身体上的，还有内心，但都与我无关了。无关了，我为什么还会想起那一切？

姐姐在云南呆了一个月。姐姐回来时，整个人都变了，瘦瘦的，黑黑的。阳光太充足了，但姐姐似乎感觉不到暖。

姐夫很拘谨，我也是，拘谨得像在别人家，总像有摄像头在背后。

如履薄冰，其实没有冰可履。姐姐说，她在云南的那段日子常做噩梦，梦到老家的后院失火了。

我明白姐姐的心思。我该冷却了，我也是冷却了，但我怎能冷却姐夫那滚烫的泪？

姐姐冷冷地看着我们，像一个局外人。姐姐把我的内衣叠好了，一件一件地放回了我的房间里。

一切都醒了，像梦一样。但为何我还能时常感到姐夫的手，缠在我的发丝里……

我害怕爱。爱是沼泽。我已沉浸其间，不能自拔。

在一个潮湿的下午，我独自离开的时候，没有哭。许多樊篱是人自己设的，包括法律、道德、欲望和希望，以及荣辱。

在陌生的城市里，每个女人都有一千张面孔，我也有。我变换时，只用了几种不同的唇膏和眼影。

上海是一个水性杨花的城市，到处都洋溢着浮光掠影的美，就像我身上的桃红丝绒旗袍。没人认识我——本质的我，你所认识的只是叶青青，一个游走在绚丽夜色中孤独的艳影。

我的第一份工作是给一个色狼当秘书，我打了他，我就失业了；我的第二份工作是做女招待，穿着迷你裙，在一个小酒吧里像蝴蝶一样飞来飞去，后来，我飞累了，就不想飞了。我渐渐地发现我应该做什么工作了，因为我发现，我也很美。

美是商业的，在城市，有许多罂粟都用力巧妙地活在阳光下。

在喝醉的时候，你想变成罂粟；在酒醒后，你又怎么收敛成一朵爬不上墙头的红杏？其实，你还算不上红杏，姐夫只不过是你的第一次……我这样想的时候，总是在深夜，月亮孤单地亮着，像一盏熬夜的灯。

我不想记得这一切。我只想忘记。

忘记一些东西，也是痛苦的，犹如记得。

3

叶青青有些疲惫，疲惫的时候，她就想起了搁在冰箱最上层里的针头。

她第一次用它时有些恐惧。后来，她就习以为常了，就像除了姐夫以外的第一个男人。她染上吗啡前只是好奇，染上后就成一种必需。

她也曾感到过痛苦，但有许多事情是把握不定的，就像生活，就像每月的经期。也许痛苦就是鱼光滑的脊背，稍微疏忽一下就被麻木肢解了。她又拿起了针头，吗啡，吗啡，亲爱的吗啡。

或许，她从来就不感到痛苦。在一个男人和另一个男人之间，她有的是悸动、欢笑和颤抖。她想象着每一个男人都是她的姐夫，那么轻地吻她，那么急地解她旗袍的扣子……

事实上，很多男人不吻她，不脱她的衣服，就进入了。她很无趣的时候，就拼命地叫。她知道，男人都一样，你一叫他就很快没有了。

在冗长的、幽暗的夜里，她偶尔还能想到姐姐，想到姐姐带着她，在水渠上赤着脚，一直向前走着。水很凉。那是个春天，油菜花开了一地，黄灿灿的，有许多蜜蜂……

第一次发现那个地方很痒时，那个趴在她身上的蜜蜂早就累了。她知道那不是那种痒，那种痒与这只蜜蜂无关。那种痒不管和哪个蜜蜂有关，但一定要去医院看看了。她躺在浴缸里这么想的时候，许多梅毒螺旋体正在她的那个地方里笑：空荡荡的，怎么像个旧货市场？

她喜欢针头，但不是用作输液。输液的时候，怎么就感到疼了呢？她的手臂上有许多细细的小孔。她一个人临街躺着，小诊所，她能看到外面有许多车，来来往往的，像儿时玩的游戏。

她恍恍惚惚开始做梦了。她梦到了花，梦到了云，梦到了一面幽暗的镜子。镜子里她的头发落完了，她手扶着墙，牙齿也掉光了。她很恐惧，她怎么也打不烂那面镜子。她看到镜子里面的桌子上摆满了针头，她吞下了一个后，接着又一个，她吞下最后一个时，她想到了姐姐，想到了繁杂无序的往事，而这一切刹那又像后退的流云一样，浓缩到了她最后的一滴眼泪里。

繁 漪

我在自己的空虚中，与自己
对弈。我吞下昼夜，
如同服下白加黑。我对生活，
永远保持着一种，厌倦的敬意。

我害怕孤独，而孤独总会如期
而至。它扰乱我，不给我
幸福，也不给我平静，我想把它
删除，而它却像病毒一样可恶。

在封闭的日子里，我再也不想
掀起，我灵魂的一角，
在护城河烂漫的桃花里，
我无限伤感，让影子缺席。

我叠起我自己，在很春天的
春天里，我感到了落叶飘零，
和内心的秋季，过于悲哀
真的是一种心疾？

也许还有梦，漏出肉体的裂缝，
但我害怕，害怕，镜子里的幻觉，
烟与酒，枕头的合谋
被一个夜晚掐灭的无数次心动……

焚

井然有序的周公馆内，一切静悄悄的……

繁 漪

雕花的铁艺栅栏。影子。墙。

午后的阳光又斜斜地照了进来。我坐在阳台的阴影中，望着远处湖水一样的天空，心中有一种说不出的湿润。园子里的树木斑斑斓斓的，有些发黄了，在感觉中好像是秋天了，然而，秋天怎么会这么快地来临？秋天里没有蝉，和蝉持久的鸣。

我有好几天没有下楼了。下，这个动词，意味着什么？空荡荡的走廊里，还会有谁的身影？

一切都落满了灰尘。这楼梯，这地板，这寂寞的下午，和我的泪。

四凤送来的药，还凉在桌子上。那白白的瓷碗，那黑黑的液体，还被透过格子窗的光线分割着。我其实没有病。这药太苦了，太苦了，肯定又是那个老中医的方子。

冲儿也不知又跑哪里去了，他有好久没来看我了。他总是热衷于虚无缥缈的艺术。他还年轻，还有梦。不知他们的戏排得怎么样了。我曾在花园里看过他的念白，“是生存还是死亡”，那应该是莎士比亚的悲剧，我在上学时不是也读过吗？

时间真是过得好快呀！时间，时间能毁了一切。一晃已经是 20 年了，20 年意味着什么？一个生命从无到有，像冲儿吗？或者像一种死亡，早在开始时就注定？

我下楼的时候，为什么你们都看着我，难道我不能下楼吗？难道我不能像以前那样穿着白旗袍，在花园里散步吗？

丫头四凤又远远地跟着我了。我讨厌影子，连我自己的也讨厌。我让四凤走了，让我一个人，静静地坐一会儿，好吗？

这白色的椅子，这白色的凉棚，空了多长时间了，竟然有这么多的落叶。蝉儿怎么不叫了？蝉儿的心难道也如止水一般吗？

茉莉花开了。那些茉莉花，孤零零地，在阳光下，散发着无人关注的香。有一只蝴蝶上下翻飞着。那只蝴蝶会是谁的灵魂，苍白得连影子都透了明？

落叶，又看到落叶了。没有一丝风，叶子怎么会落呢？难道也累了，倦了，绝望了？

我拾起了一片叶子，接着又拾起了一片。它们还是那么的绿。它们在我的掌心里，甚至是已经死亡了还是那么的绿。

纤弱的感伤弥漫着，纤弱，像一种无法抑制的轻。

四 凤

四凤是从楼梯间出来后看到太太下楼的。太太的脚步很缓很缓，像是漫不经心，又像是在寻找什么。太太是沿着楼梯一直走下楼的。没有人给她打招呼，所有的佣人只是奇怪地看着。由于奇怪，他们似乎都忘记了规矩。

四凤跟出来的时候，太太已走到了园子里。园子里开满了花。园子里开得最浓的是茉莉。园子里还有树，还有蝉。

太太坐了下来。太太的白旗袍，一半在凉棚的阴影中，另一半在阳光下。太太说，你走吧，四凤，让我一个人静一静。

四凤小心地抬起了头，看了太太一眼。太太的目光也正注视着她。太太显出的那种漠然，几乎让停在一朵茉莉花上的一只蝴蝶也惊飞了。

四凤第一次往楼上送药时，心里胆怯极了。那时，繁漪经常无端地发脾气。她摔盘子，摔碗，甚至连梳妆台的镜子也摔。四凤推门进去后，繁漪就坐在椅子上。繁漪一手拿着圆圆的扇子，一手在扣着领口的扣子。四凤说，太太，药。

繁漪扣好了扣子，不紧不慢地站起了身。你是新来的吧？叫什么名字？以后记着要敲门。四凤端托盘的手晃了一下，然后低着头，嗫嚅道我叫四凤。

四凤像一缕光线一样从花园消失了。四凤又回到了客厅里。客厅里所有的人还在忙碌着。四凤每天除了给太太送药外，还要干许多活儿，譬如为老爷整理书房，为大少爷洗洗衣服什么的。四凤干的活虽然不是很重，但很繁琐，每天都得这样，四凤开始的时候感到很拘谨很生硬，后来就习惯了。

老爷是个性情很温和的人，除了偶尔对大少爷发脾气外，几乎没有见他动怒过。老爷总是喜欢四凤采的茉莉花。那些茉莉花在客厅里散发着淡淡的清香。最初的时候，鲁贵还感到不妥，但看到老爷的笑容后，他反把这种默许看作是一种荣耀，并把它列为了四凤的日常工作。

四凤是在第二次采茉莉时，才看到大少爷的。大少爷有一点清瘦，比起二少爷来说，不但多了一分英俊，而且还多了几分成熟。大少爷穿着丝绸长衫，隔着窗户直直看着她。上午的阳光很刺眼，四凤只是抬头瞥了一下。四凤的这种无意是来自对阳光的敏感。四凤并不知道大少爷已经看她很久了。四凤的头发乌黑乌黑的，在姹紫嫣红的花丛中闪烁着另一种光。

二少爷在花园的门口叫住了四凤。二少爷说，四凤，你也给我的房间里插几朵茉莉。二少爷的衬衫很白很白的，白得晃眼，白得四凤只能低着头，看着自己的脚尖。四凤的鞋是自己亲手做的，硬硬的底子，灰蓝的鞋面上绣着一朵精致的荷花。

鲁贵总是很细心地看着四凤，生怕四凤因为不懂周公馆的规矩，而捅了什么娄子。他的这种顾虑，在四凤去周公馆的第二个月就消除了，因为心灵手巧的四凤，不但让老爷感到很满意，而且，太太也不再摔盘子摔碗了，而这种局面的产生，无疑是老爷所企及的，毕竟矿上的罢工已经让老爷够心烦了。

周朴园

繁漪怎么下楼了？还坐在花园里？她看上去是憔悴多

了，怎么四凤也没跟着？我已好几天没回来了，这几天到处都是乱子，矿工们闹事儿，电力局停电，还有繁漪的病，萍儿又跑哪里去了？都老大不小了，怎么还在外面鬼混……唉，不去想那么多了，今天天气不错，还有这茉莉香，肯定又是鲁贵的那个丫头采的。四凤这丫头看起来还是很勤快的，照顾繁漪应该是不会出现什么差错的。唉，还是在家方便呀，可以喝上这么好的茶，可以慢慢地饮，细细地品。可以第一遍不喝倒掉，再泡第二遍，第二遍茶叶才能释放出所有的香，等矿上复工后，我要静下心来去金茗楼品品茶，听说是河南来的上等毛尖。想起矿上的事情就让人败兴，那个工人代表鲁大海，可真是一个难对付的家伙，把他开除了不行，给他加薪水也行不通，这个黑鬼看起来是吃了秤砣，铁了心了，总有一天我会把你撵走，让你像丧家之犬一样，灰溜溜地夹着尾巴自己走。鲁贵呀鲁贵，看看你养的好儿子，当初不是因为你，他怎么能到我的矿上来？真是农夫遇到蛇，暖醒了你就咬人。

阳光灿烂得好像是金子，好像要射透院子里的一切。那些树，那些花，还有那些池子里的金鱼。繁漪还坐在那里，一动不动地，她到底在想些什么？女人是脆弱的，易于感伤的，又是哪一根神经触动了她，让她如此长时间地坐在那里发呆？记得她刚进门时，还是个学生，留着短头发，穿着黑裙子白布袜，如今冲儿已经有她当年的岁数那么大了。时间可真快呀，衰老的不只是形体，也可能是内心，也可能是灵魂，更或许是一些生命中无法说清的东西。

老座钟又响起来了。空荡荡的客厅里，我只能听到它的声音。它的声音是单调的，但它更接近生命的本质，还好，一切不都是在掌控之中吗？已经让鲁贵给警察局打电话了。这些吃闲饭的东西，终于派上用场了。繁漪的病不是好了些吗？还有萍儿，听鲁贵说整夜的不回来，到底在外面干些什么？这个家将来必定是由他执掌的，他最让人不放心，我像他的这个年龄时，不是早就……唉，侍萍，我怎么会又想起你呢？你现在会在哪里？那个雨夜，那冰凉的河水，我曾偷偷地派人找过你……唉，一切都过去了，像云烟一样缥缈，像未曾发生过。人老了，也许更容易被往事触伤。

繁漪到哪里去了？怎么一转眼她就消失了？那白凉棚下空空的椅子，那黑白分明的阴影，那偌大的花园里怎么连一个人影也没有？我有时害怕一个人的庭院，一个人的庭院将会是什么样子呢？

啊，繁漪，繁漪在那里，她在一朵花前凝视着什么？有蝴蝶绕着她飞，她月白的旗袍真像一束光，在姹紫嫣红的花丛中，她难道不是一束光吗？她的美是成熟的，光艳的，像第二遍泡开的茶。

我们有过一段很美好的时光。那时候我们刚结婚。那时候她总像燕子一样在花园里飞。后来，她就不飞了。她总问起萍儿的母亲的事。那些事让我心烦，她一问起那些事，我就想发火。后来，她就再也不问了，知道那也许是我的禁忌。我却知道那是我的伤疤。人都是有疤的，不是吗？难道你没有？

鲁 贵

鲁贵吃惊地看着太太。鲁贵已经有一周没有见到太太了。

太太怎么突然下楼了呢？鲁贵的疑惑是所有佣人的疑惑，但鲁贵并没有把它写在脸上。鲁贵脸上的笑容起来得很勉强，落下来得也很迅速。鲁贵转身想喊四凤时，四凤已经像影子一样追了出去。

老爷还没有起床。近来府上的事情可真是不少，矿上也不知道复工没有？看老爷愁眉不展的样子，情形可能不大好，得赶紧把后院的几个鸟笼子收起来。老爷在心烦的时候，最不喜欢听鸟鸣，还有那留声机，已经坏几天了，怎么还没有人来修？对了，还有后院的电线，是该修修了，都好几年了……

虽然西厢房里堆满杂物，却很干净。鲁贵把鸟笼的蓝罩子合住后，鸟就渐渐地不叫了。鲁贵很喜欢老爷养的这几只鸟，虽然不是什么名贵的品种，但没有事情的时候，逗它们是很开心的。西厢房里没有一丝阳光，虽然在仆人之间流传着这里闹鬼的故事，但鲁贵从来就没有怕过，哪里有鬼？只不过是人的幻觉罢了。鲁贵熟悉这里的一切，就好像熟悉他家的一亩二分地。

鲁贵来到周府已经十几年了，十几年来，周府的上上下下的一切杂事，都是由他料理的。鲁贵很有心计，干得也很细心，深受周朴园的赏识，所以，在一般仆人的眼里，他几乎就快成半个主人了。

在下人跟前的趾高气扬和在主人面前的点头哈腰，使鲁贵常在四凤面前吹嘘着，在周府，只有你爹才能这样。四凤其实很厌恶他，但有时想想，他毕竟还是自己的父亲，就没在他跟前多说什么。

鬼会在哪里呢？鬼一般会在人的心里。鲁贵不怕鬼，是因为他认识那个鬼。

那个雷雨夜，他很细心。那个雷雨夜，他起来关窗子。那个雷雨夜，当一道闪电，把黑夜撕开了一个口子后，他忽然明白了几个月前太太的小产。

那个雷雨夜过后，四凤就来了。太太说，来了就留到我身边吧。太太和鲁贵都心照不宣地看着桌子上的一个茶杯。那杯子空空的，茶刚被老爷喝完。

鲁贵放好鸟笼，从后院出来后，一眼就看到了繁漪。繁漪正呆呆地注视着一朵花。她的旗袍很白，白得就像刚刚刷过石灰的院墙。鲁贵并没有看到四凤的影子，于是，就加快了脚步。

你怎么没有和太太在一起？鲁贵看到四凤就有些急了。

是太太不让的，她说要一个人静静。四凤停下了手中的活儿。一件刚刚洗好的丝绸长衫，还没有来得及搭到绳子上。

赶快去，让老爷知道了，可不得了。

四凤放下了手中的衣服，犹豫了一下，还是向花园里走了过去。

周 冲

是生存，还是死亡？我喜欢这样的句子。这样的句子既干练，又有冲击力，只可惜我扮演的是朱丽叶，同学们都说我太单薄了，适合演朱丽叶。其实我是多么想扮演罗密欧啊！我曾偷偷地在花园里练过罗密欧的台词，但最终我还是扮了朱丽叶，不过，演出总算很成功，同学们的掌声不就说明了这一切吗？

是该放松一下了，但我不喜欢这长长的、慵倦的睡眠，这像丝绵一样空虚的醒后的空白，我总感不到充实。尽管我读了一些书，我不喜欢陈独秀，陈独秀也许太狷狂了，但我喜欢《新青年》，它上面有许多好文章，我很受启迪。同学们都说我太没有革命性了，也许是吧，我的觉悟还不高，还应该多读一些激进的书。

我不知道我是哪天喜欢上戏剧的。我从来就不喜欢什么主义呀宣言呀，那些枯燥的东西怎会比戏剧有意思？那么多的人物，生活在自己的生活里，他们的生与死、喜与悲，难道不是我们个体生命的写照吗？

到外面走走吧，这院子虽然很熟悉，但我每走一遍，都有新的感觉。那树上的蝉，那草丛里的蚂蚁，那新开出来的花，它们不也是生命的一种吗？我有时就垂泪于这种生命，这种生命卑微吗？像四凤，像矿井里那些遇难的矿工？

父亲在家里从来就没有提过矿上的事，但我知道，矿井已经透过好几次水了，肯定有遇难的矿工。我曾去过矿上一次，那斜斜的巷道，简陋的设备，还有四凤的哥哥，我简直就不敢想下去……

母亲怎么下楼了？透过镂空的花墙，我能看到她的白旗袍，她的脸。她看上去依然很美丽，只是憔悴了一些，忧郁了一些。她的病似乎仍然没见好转。她到底得的是什么病？我问过她，也问过父亲，可他们谁也没有说。或许，一些事情，我真的不该问，就像我问起哥哥的生母。

我是在去花园的路上遇到四凤的。四凤和我打招呼时总低着头。 四凤的辫子很黑，发梢系着长长的红头绳 ，走起路来一飘一飘地，像有一只蝴蝶落在上面似的。

母亲怎么一转眼就不见了呢？是回房了，还是走到花丛的深处了？花丛深处几乎是没有路的，她是不是摔倒了？那些花架太不整齐了，我曾经就在里面摔过一跤，为了制作一个蝴蝶标本，不是在里边连衣服都挂破过吗？

那只蝴蝶是美丽的。那个下午四凤就像一只蝴蝶。那个下午四凤把我扶起来后，我第一次看到她笑了。她的牙齿像玉一样白。那个下午，是四凤最终帮我捉住了蝴蝶，我第一次在花丛中闻到了一种有别于花的芬芳……

周 萍

……缠绕着你，死死地缠绕着你……

你又梦魇了。

醒来是一身冷汗。那丝绸短衫里的潮湿，那僵涩的肉体，那无终点的噩梦，怎么会如此轻易地驶进现实？你是从何时起开始害怕那些像蛋糕一样松软的睡眠的？它们是你生活的沼泽吗？

盆子里的冰早就融化了。满满的一盆水，都快要溢出来了。空气中还弥漫着一种说不出的凉爽。高大的落地扇，道具似的立在你床前。你并不喜欢这像宽叶植物一样的东西，特别是它转动时发出的那种声音。你是一个喜欢安静的人。你在午睡时，总是喜欢用冰来制冷，所有的仆人都知道，除了四凤。

四凤，啊，四凤，你又想起了四凤，四凤现在会干些什么？是在洗衣服，还是在厨房里熬药？你一连三天都没有回到这个院子里来了。你昨夜回来的时候，是鲁贵亲自给你开的门。

你喝醉了。他扶你回房时，你还吐了他一身。是谁给你换的衣服，你已经记不清楚了，你只记得那舞厅的灯旋转得太快了，还有那节奏，你几乎都跟不上来了……

那白色的影子会是谁，坐在凉棚下，会是繁漪吗？那孤独的、无助的一束光，照耀着谁，又被谁照耀？

一切都麻木了，那些树，那些花，你很想像天上的乌云一样一笔带过这个下午，但这个下午就这样一截一截地陷入了你的体内……

你痉挛般地疼痛着，回忆似罪恶，却又纯洁得像一朵莲花……繁漪那急促的喘息，那解开扣子的旗袍，那滚烫的泪水……

岩浆冷却了，一次次地冷，像你的痛苦，结晶后一次次地蠕动。

你开始逃避了，但又能逃避些什么？弟弟的眼神，还是父亲的咳嗽？更或是繁漪的恼怒？你在沼泽就这样漂着。你所无法面对的，也许就是你自己，也许就是你的懦弱和贪婪。

感觉中的伤，是致命的，四凤是你的一根救命的稻草吗？

父亲的咳嗽声，又在耳边响了起来。你开始失眠了。你真的就认为自己病了吗？你感觉自己像细菌一样寄生在一小团黑暗里，直至有一天突然被阳光杀死。

虹·情诗

当夜晚降临，我无法拒绝，
黑暗带来的空寂。

我已习惯了冷漠，
并以这种方式接受世界。
在水里，我是一条鱼，睁着眼睡觉。
在岸上，我是个女妖，迷惑所有的路人。
我知道，那些丝绸，只是缠在我身上的道具，
那些歌声，只是藏满耳朵的糖——
比美更美，我的一切——
我知道，我们注定要相遇。

我无法在阳光中流泪，当黎明到来，
当世界还原成它本来的模样，
当我抽身而去，留下丝绸和胭脂，
当我退回水草里，否认我内心的一切，
我知道，我像人一样痛了……

我无法拒绝，黑暗带来的空寂，
当夜晚降临，你的影子像火苗覆盖我的双眼。

女女时代

1

虹的指头很细很细，像嫩嫩的竹笋。在微弱的灯光下，我只能感觉到它遥远的存在，却不能感觉到它的形状、颜色。

虹是一条美女蛇，冷艳的那一种。

虹在轻轻地脱衣服，她的和我的。她的指法很老练，从扣子到扣子，从拉链到拉链。

虹的皮肤和我的一样白，是雪的产物，像冬天的花朵。

虹的左胸上纹的是一朵盛开的桃花，花瓣大得延伸到了乳沟。我的也是。

虹终于解开了她的乳罩，也解开了我的。

虹熄灭了灯。夜晚就这样覆盖了上来。夜晚有星光，有月亮，还有虹的喘息，像一根羽毛那么轻。

当一切结束后，睡眠就变白了，很柔软，很蓬松，像棉花糖。

柔软的感觉，来自她皮肤的温顺。柔软是每个女人特有的甲。但虹的柔软是短暂的，在黎明到来之后，她就会变得坚硬。她会把她的武器藏在她的每一寸肌肤里。

虹是一个唯美主义者。她不会放过每一个臻于完美的细节。她的身材不算很高，所以她从来就不穿平跟鞋，即便是在家穿的拖鞋，也是半高跟的。

虹说美就是武器，美就是暴力，在任何地方我们都要抢劫男人的目光。

楼下送外卖的小四川把午饭送来后，虹仍然没有起床。虹总是要睡足睡够了以后才起床。虹的这种习惯与她的职业有关。

虹是每到夜晚穿着漆皮舞衣，在夜总会里冷得只与钢管亲吻的女人。

虹继续睡着。我很无聊，开始上网。

我在网上有一个听起来很有质感的名字：翡冷翠。我曾用这个名字在多家论坛注册过。后来，在一个叫“蝶恋”的社区里，认识了一个叫“长发飘飘”的网友。

她说你一定喜欢徐志摩吧。我说何以见得。《翡冷翠山居闲话》不就是徐志摩的一篇文章吗。

这个网名叫“长发飘飘”的女孩，就是现在的虹。只不过在一个小酒吧里第一次见面后，我才发现她的头发很短，长发飘飘的却是我。

虹终于睡醒了，像充电的手机自己拔掉了插头。卫生间的水哗哗地响了一阵后，又静了下来。

虹赤着脚，走到了我的身后。和谁聊着呢？

虹的声音很细，似乎怕惊动谁。

由于是智能ABC，所以我打字的速度很慢。我头也没抬地说，“白骨精精”、“废话一点”、“江南鹤”和“你是不是爱我”。

一个和四个，QQ不断地在鸣叫。我有些手忙脚乱。虹有点忍不住了。

虹用的输入法是万能五笔，速度比我快多了。

虹和白骨精精聊了一会儿后，白骨精精终于有所发现了。她一连发了五个问号：你到底是谁？

我是行者呀，白骨MM，你到底接受不接受我的爱？

你肯定不是行者，你是八戒吧，这么好色给你一高跟鞋。

白骨有些愠怒。

虹终于选择了表情按钮，笑着对白骨说，我是八戒，我好色都是师傅害的。

行者在吗，我还有事情要给她说呢。万燕商厦表演缺人，西峡人体彩绘缺人，问她去吗。

“好吗？”虹在打出“可以”二字以后，轻敲了一下回车键，问我。

光线在鼠标中飘飞，下午5点的时候，虹说你们聊吧。

虹又开始涂那种水晶的口红了。虹总是对着镜子慢慢地、细细地涂。虹的嘴唇很厚，当它撅起来时，骨朵朵的，像月季花。

虹说口红是脸的生命，就像一篇作文后老师的批语。虹这样说是因为她的文采很好，在读书时她的作文经常被当作范文。

虹很想成为一个诗人，所以就从她的故乡河南来到了这里。虹刚来时想了许多，后来就什么也不想了。从想到不想，这中间肯定发生了什么。我没有问过，虹也从来没说过。只有一次虹喝醉了说，这是一个水性杨花的城市。

虹喷完香水后就像一缕烟一样消失了。我总是在这时候感到了一种莫名的、锥形的、不用锤子就能把它楔入内心的孤独。

2

天在下雨。表演还在进行。人很少。

T型台是临时搭建的，厚厚的木板，下面是细细的钢支撑，走上去时，有一种悬空的不安全感。

还是让她先上吧。戴眼镜的经纪人看着我、小丝、青青和丁丁，对晶晶说。

晶晶就是白骨精精，胸丰，腰细，腿长，一个天然的尤物。

我的脸红红的，是腮红。我缓慢地迈着猫步，在音乐中震荡着自己修长的双腿。我想象着自己就是贵妇就是宽叶的美人蕉向外开着，感觉是虚拟的、模糊的、游动的。

舞台下的观众不足百人。我能感觉到他们的目光，纯洁的邪恶的麻木的，落在我的脸上、颈上、肩上和裙子开衩的地方。掠过他们黑压压的头顶，我空洞地看着远处，远处有树、出租车和铅一样阴霾的天空。

雨下开的时候，我们不得不停止。后台很乱，满地的铁丝和电线。

大家不要到处跑，雨停止后还要表演。又是那个经纪人，鸭子腔。

小丝抱着光洁的肩膀，头发卷曲。小丝对我说，咱们到二楼看看吧。

为了省事，我和小丝谁也没有换衣服。小丝旗袍，浓妆艳抹的，而我低胸惊艳，玻璃水晶水晶的。

整个商场空荡荡的，像一个厌食的胃。尽管做了大量的宣传，尽管商品都打了五折，但由于下雨和不景气的经济，人来得还是很少。

小丝和我是乘电梯上的二楼。小丝说，她的筒袜起线了，想再买一双。

商场二楼装饰得很精美，有一种节制感的奢侈。我们游过一些柜台小姐鄙夷的目光后，终于来到了“恋袜居”。

恋袜居是一个粉红的小天地，暧昧的灯光，暧昧的小资情调。小丝说，有时她只是想来这里体味一下。

恋袜居的确是小资的天堂，在这里，你可以买到在别的地方买不到的女性用品。

雨刚停，表演就又开始了。小丝不知何时已换上了那个大孔眼儿的鱼网状的丝袜。她的大腿修长修长的，在旗袍的开衩处时隐时现，闪烁着一种诱人的不可言说的妖媚。

我开始喜欢上旗袍时，并不是因为张曼玉，因为《花样年华》，就像我叫张小曼其实和张曼玉一点关系也没有。我喜欢上旗袍多半是因为小丝。

小丝说小曼，今天表演时，你真应该穿旗袍。我一边换衣服一边疲惫地说，为什么呀？

不为什么，因为你适合。

我真的适合吗？当我一个人，面对着镜子，穿上虹的旗袍时，我真的是漂亮的、妖艳的吗？

3

虹又失眠了。虹的失眠总是在早晨，而早晨只是她的午夜。虹像一缕光一样躺在我身旁。虹说曼，你醒了没有？

我有时醒着，有时惺忪着。我已记不清有多少次，她是连睡衣都没换就开始抽烟的。烟雾很白，裹着黎明的光线上升时，就像痛苦裹着她下落。

虹说，她很想换一个城市换一个方式活着，故乡的净肠河不知干涸了没有。

虹是在去年春天的时候回过一次故乡的。虹回来后说净肠河快干了。在虹的充满了无限伤怀的语气中，我断断续续知道了宝丰、净肠河和她的初恋。

虹说那时她很纯洁很纯洁的，像一张白宣纸。她不知道这世上还有墨，还有像毛笔一样的男人的那东西。

虹怀孕后就辍学了。虹的语文老师很惋惜地说，她本来可以飞得更高更远。

他消失了，几乎是在一夜之间。他是她的数学老师。他很年轻，刚从大学毕业。他有着金子般的年华和前途。

她流产了。她无助地望着天花板上的一只壁虎，一动也不动。

虹说那个夏天是冰冷的。冰冷的目光，冰冷的声音，冰冷的眼泪，甚至连太阳也是冰冷的。

虹说所有的男人都是同一个男人，他们只会伤害我们。

虹从回忆中滴出的眼泪冰凉冰凉的。我用细细手指给她擦过后她还流。

虹说曼，你呢，为什么不喜欢男人？

4

列车像野兽一样狂奔着，而小丝、精精和我却在这头野兽的身体里静静地玩着扑克。

虹说，西峡就在南阳，那里有许多恐龙蛋，离她的故乡不远。

车过平顶山时，我给虹打了一个电话。我说虹我到你的故乡了，我看到煤堆了。虹说看清楚，我的大美人，那是矸石山，不是煤堆。

虹的手机里声音很杂，持续了一会儿就断了。

虹真的出生在这里吗？当我看到那高高低低的矸石堆，像乱葬坟一样卧在城市的楼群之间时，我很不明白虹的那种如水的江南气质是从哪里来的。

虹在白天的时候，总是很沉静的样子，走在光线里时，看上去像晶莹的石榴籽，而走在阴影里时，却又像发光的琥珀。

在虹心情不好的时候，我们常走在各种街道里，大的小的。虹的购买欲是和心情成反比的。她有的时候会影响我，让我在毫无计划中花掉我们所有的钱。

我现在身上穿的旗袍就是在那种情况下买的。那个晚上虹说，我带你去夜总会吧。

5

西峡的夜晚和所有地方的夜晚都一样，但在黎明时，我却听到了鸟鸣。那声音湿漉漉的，开始只有几声，后来就拥挤起来了。

小丝的皮肤很光。小丝的肢体像植物的藤。小丝说曼姐，你和虹也这样吗？

我恍恍惚惚地躺着，像一匹被展开的丝绸。我和虹平静地睡下后，谁也没想到后来会那么激动。

虹说曼，你是我的影子，我要是男人一定会娶了你。

虹很暧昧的声息，像电流。

我是导体吗？在第一次后的很长的一段时间内，我一直困惑着、迷失着，直至第二次第三次第 N 次的来临……

小丝一边穿衣服一边说，你还喜欢男人吗？

6

当一个男人向我走来时，虹已经像一朵恶之花一样，在夜巴黎的舞台上盛开了。

虹说，每个女人在夜总会里只是一个符号，只代表着男人的一种一次性消费的饥饿。

乔是白领，乔说，你一个人吗？

乔在和我跳舞之前，我并不知道他叫乔。乔的手指很绅士，始终静在我乳罩背带的下边缘。

乔说我很少来这种地方，来这种地方是客户的要求，不过，我一来就看到了你，你像黑夜枝条上湿漉漉的花瓣。

人群中这些面孔幽灵一般显现 / 湿漉漉的黑色枝条上的许多花瓣。

这是《地铁》，裘小龙版。

乔有些尴尬和小小的吃惊。乔说，你很喜欢诗歌吗？怎么对庞德的诗句这么熟悉？

乔的眼神在黑暗中开始亮了起来，好像我是儿童读物忽然变成了成人童话。

音乐停止的时候，我有些累了。乔一直很礼貌，乔说那我们去喝点什么吧。

半米多高的铁栅栏镶着各种各样的花，在忽明忽暗的灯光中很有型，它分开了沸腾的舞池和静静的休息区。

吧台前的椅子很高，上面是很柔软的真皮，下面是一根细长细长的钢管的那种。我坐上后，乔为我要了一杯酒。

乔说，老庞德是个法西斯，不过他的诗却不错。《比萨诗章》中还有许多中国字，看起来好像是在故弄玄虚。

是吗？我低着头。我倾斜着杯子。我心不在焉地看着旗袍下摆被我的一只腿弯起后所呈现出的性感的弧度。

音乐又开始了。音乐生硬凌乱有点异味有点重金属。

乔说着说着忽然停顿了，像发现了什么接着又说，你这样坐着好性感，我们不如出去看看月亮吧。

天台很凉，有露水有避雷针还有女儿墙。月亮像是纸剪的，像道具，散发着白白的光。

乔说整个城市就在我们脚下，只有夜里的时候，它才像只猫一样温驯。

我激情荡漾被酒精作用着，希望一些事情发生，却不希望是马上。

你冷吗？乔把一只手放到了我光滑的肩膀上。乔说风很大。

我有些晕眩。我沿着他那只手，滑了下去。

乔很敏捷地抱着了我，并在黑暗中开始吻我的头发和脖颈。

乔慢慢地一点一点撩拨着我。我想盛开，像花一样。他却不给我节奏和气候。他迟钝着，积蓄着。

我柔软着潮湿着，我等待着他的坚硬， 而他的手却始终停泊在我的旗袍之外。

7

小丝脱了那双有好几根细带子系着的高跟鞋。小丝说，曼，这水好柔呀。

小丝的脚很白，一缕光线穿过树叶的缝隙后，照在她的脚面上时，我几乎能看到上面细细的血管。

我也脱了鞋，坐在岩石上，把脚放到了水里。水柔得像恋人的抚摩，有几片枯叶在水中漂浮着，被微微的风左右着。

头顶有几只不知名的鸟在鸣，清脆的声音，一滴一滴地落。

多想变只鸟呀，在这儿搭个巢住下。小丝伸开了双臂，模拟着鸟。小丝的头发栗黄栗黄的，像鸟类的羽毛。

我想象不出，在彩绘表演的那天，为什么会有那么多人，而今天却这么少，仅是为了猎奇吗?

融入自然的大标语是那么的大，但又有几个人能融入自然呢?

小丝赤着脚。小丝在采花时我正在看潭里的鱼。小丝说曼，你看这种花，总是两朵缠在一起开的。

小丝把一朵小花插在了我鬓角后说，曼，你的裤子湿水了。

8

虹从黑暗中浮出后，显得很疲倦，很怕光，像一个还未来得及被冲洗的胶卷。

乔说我请你们一起吃夜宵吧，如果你们不反对。

虹直直地看着我。虹的目光像一束伦琴射线，太尖锐了，几乎让我感到了她眼中的麦芒。

乔给我们叫TAXI时，虹忽然说，所有的男人都是同一个男人，他伤害着我们就像世人伤害着上帝。

虹在重复她曾说过的话。我望着门口的射灯，把虹的短裙子照得暗紫暗紫的，忽然想起西尔维娅·普拉斯，一个把煤气管道插进自己喉咙里的女人。

霓虹灯、信号灯和对面驶来的车灯，灯把一切照亮后又暗了，黑暗中我们沉默着，谁也没说话。

我吃得很少，虹吃得更少，而乔根本就不吃。乔只是看着我，目光温柔如水。

夜很浓的时候，我们三个在蓝调酒吧坐着，谁也没有说走，谁也没有说留。值班的服务生有些倦了，一首歌曲被重复三遍后，还在反复地播放。

9

曼，我们分手吧，我也想换一种方式生活，我们真的不能总是这样。

虹是在一周后的一个午后和我说这话的。虹很冷很冷的，像刚从冰箱里取出来。

那个下午，虹一直背对着我。虹一直躲在一小片潮湿的黑中，直至她消失在一辆出租车的背影里。

我没有哭，很平静地躺着，一个下午和另一个下午，我只有一个姿势。

虹说她要去南方了。她是一只候鸟，这里马上就要秋天了。

虹留下了她的笔记本电脑。虹说，我总要留下些气息。我删除不了你，难道你能吗？像删去一个感染病毒的文件夹？

天下雨的时候，我总想虹。虹是我的病毒吗？

一切都在发霉。雨在体内和体外同时下着。我能在身体里撑把伞吗？

在步行街，我就这样走着。雨滴冰凉，它是否真的带有天堂的体温？它硬硬地砸在我的身上，纷乱，不均匀。

拐进一家服装店后，再拐进另一家，什么也没有买，似乎我一进去，就不是为了买什么。

我是易碎的，像瓷器，像玻璃器皿。

我一个人穿梭于人流中，像一滴滚动于玻璃板上的水银，沉重，而又不浸润。

我把我缩在旗袍里，像花把自己缩在花萼里。我不盛开，我无助。从我身边走过的人呀，你们可否知晓？

10

我又很无力地躺在床上了，像一个拉线木偶，突然断了线。

那根细细的线，会挽在谁的手中?

黑是一点儿一点儿地降临的。黑的降临，像史蒂文斯笔下成片的乌鸦。

我在黑中开始艰难地蜕皮，一截痛苦的死，在孵化着另一截。

11

火车奔驰着，均匀的喀嚓喀嚓声，像虹在打字。

小丝说，虹真的离开你了吗，那乔呢，他爱你吗?

乔真是一个白领，在没有去他公司之前，我根本就不知道他的公司有那么大。乔总是喜欢我穿着旗袍和他约会。乔说，旗袍会让我上半身看起来很端庄，而下半身看起来很妖艳。

那你喜欢我上半身还是下半身？有一次，喝醉了我说。

乔开始动情地抚摸我了。乔的抚摸总是很缓慢，好像他从来就没有闯过红灯。

那虹呢，你们后来有联系吗？小丝总是打断我。小丝穿着睡衣，头发散散的，像刚睡醒，或者一直还睡着。

虹后来给我打了几次电话，最近的一次是昨天。她说她快要结婚了，还要请我去当她的伴娘。

那你们的女女时代结束了吗，还去那个蝶恋社区吗?

我疑惑地看着小丝，抚摸着她的脸，她的颈，她的头发。我说，你说呢?

青 蛇

我的情欲很浓。
我发烧的肌肤像大地一样滚烫。
我的胭脂涂满了我裸露的肚脐。
我无法遏制自己时像个暴虐的女王。

我饮空虚这盆血。
我一连串吞掉那么多夕阳。
冥域中到处开满了我名字的花。
我摔打自己的尾巴，像有痛苦在体内切割……

我必须回到河的对岸，然后，再到彼岸。
我必须牵着一匹马，并以梦为马，回到我的前世。
我的前世，是一条暴躁的鱼，
死在去群交的路上。

青蛇记

1

按照凡人的推算，我已经 1999 岁了。但我不是凡人，也不是神仙。我是蛇妖，千年的蛇妖。

没人见过我以前的模样，我是说一千多年前的模样，除了姐姐白素珍、金禅子和师父，当然，当然还有我的父母。

白素珍是她在凡世里的名字。她在我们的世界里还有另一个名字，叫娆。

娆有三千多年的道行了。我认识她时，还是条刚出生不久的小蛇，像条蚯蚓一样蜿蜒在青草里。我想，在她眼里，我当时就是这样的。

我问过娆，在当时为何选择我？娆回答时，正和许仙看着一树的桃花，亲昵的样子，让我觉得自己是个第三者。

以前，在深山里的时候，不是这样的。我想流泪，流泪。

满湖的春色，那晶莹碧透的水，是我的泪吗？

时光开始蹉跎，许多姹紫嫣红的记忆，解冻般地流了出来……

2

你叫妲。开始的时候，你以为是姐姐给取的名字。姐姐说，在灵山遇到你的时候，是个明媚的早晨。太阳刚刚出来，红彤彤的，照得青草都有了光泽。发现你的时候，你还冬眠着，全身冰凉。你不知道春天已经来了。师父说朝阳似火为旦，就叫她妲吧。

那时候师父刚脱离天庭，一肚子的怨气，像一个旧朝代的遗老。“一切都变了，一切。”哀声连连。

姐姐的皮肤很热，很光滑。开始你以为她是人，后来，在山洞里看到了她身上的花纹，和她刚刚蜕下的那层薄如蝉翼的皮。

姐姐修炼时，你就在她的身边。你开始很好奇，那打坐前的仪式，神秘而又荒诞，那打坐时的静穆，庄重而又虔诚。

你也开始修炼了，刚开始的时候，是不自觉的，等到了自觉时，姐姐已经大彻大悟了。姐姐完全脱离蛇形的那天，很喜悦。她说妲，你也会有这一天的，重要的是修心，而不是忘形。

师父躺在竹林里，一醉下就是千年不醒。你似乎天生就害怕竹，那一节一节的样子，让你感到了莫大的恐惧。

你不理解姐姐的话。姐姐说，你可以看师父的经书，就在竹林里。等你理解时，你发现修心是那么的难，它要难于忘形上千倍。

你也能忘形，就比如变成一个叫张曼玉的女子的模样，但那只是忘形，一个小境界。你也想修心，进入大境界，但姐姐下山后，你怎么就守不住洞壁上自己的影子了呢？

你朦朦胧胧地想着西湖，想着断桥，想着一个叫许仙的男子。那是你和姐姐第一次下山。那次下山你看到了另一个世界。红尘滚滚，男男女女。

3

娆说，我要下山去了，去找一个人。他脱胎转世又来到了西湖。

他，就是许仙，一个落魄的儒生。

我第一次见到他时，还有许多情节，不过，我记得最清的是他握着我的手的那一瞬。

从来就没有男子握过我的手。那是第一次，那一瞬我几乎忘记了上船，忘记了姐姐还站在他的身边。

男色也许是一种毒，比我牙齿里的毒还毒。姐姐也许中毒了，但姐姐说她是来报恩的。

娆说，事隔三千多年我一眼就能认出他，也算是一种缘。

缘是什么东西？

娆说，姐，你不清楚，你还小。

小吗，我已一千多岁了！

我没有说话。我暗自想。娆看不出我在想。我感到娆在离开我，在心理上，那中间有一个许仙。

我绕不过许仙，在庭院里，当我听到他的“关关雎鸠，在河之洲。窈窕淑女，君子好逑”时，我忽然觉得自己好寂寞，寂寞得就像一朵快要开败了的桃花。

我不懂诗文，但我能感受，感受是一把锥子，除非让我现在就死。

4

娆和妲缠绕着，每当这时候，她们的下身都不自觉地变成了尾。

妲喜欢娆身上的花纹，娆环抱着她时的热烈以及她自己的颤抖。

娆喜欢胭脂，总把脸颊涂得红红的。妲也喜欢。妲说，这是什么东西？从哪里来的？

妲搽上后，很妖媚地在水池边晃动着自己的身体。妲看到了水池里自己的影子。那影子比菡萏还红，比云朵还轻。

妲摇着水蛇腰，是在中午时分看到那些辣椒粉的。妲以为是胭脂。妲搽了一脸，然后是火辣辣的烧，和娆笑出来的眼泪。

娆的指头很细很细。她在妲的腹部摩挲时，妲总是像夜葵花一样盛开着。妲高挑着身子，摇摇欲坠着，承受着生命不能承受的轻……

妲的舌尖很贪婪，从来就不知道什么叫浅尝辄止。娆说，你什么时候才能修行到家，不乱真性？

娆平躺着，望着妲。妲坏坏地舔着娆的乳尖。妲说娆，我就宁愿这样，是个蛇精。娆似乎有些感伤，摸着妲的头发说，有些事情，你永远是不理解的。

5

我伤心的时候，会沉在水底，让泪悄悄地流。

但今天，整个湖水都被我搅浑了。我控制不了我的情绪，情绪这东西有时是折叠在血液里的一把刀，伸开时，能把我杀死。

那些小船都翻了。我在水里看到了一些人的尸体。人的生命太脆弱了，还有那些大木船，怎么一翻腾它们就断了？

姐姐知道我的脾气，但这次姐姐怎么还没有来？什么她的相公，叫得多酸。这个摇头摆尾的许仙，我想起来就生气……

水已漫过湖堤了。我看到许多人在逃命，像四散的野兽。那些房屋，那些亭台，渐渐地都倒塌了。我有一种罪恶的快感。那快感像雷电，击中了我，击中了我，我更加恣意了，恣意了……

翻江倒海。

6

一开始，我就引诱他。

是男人，就有弱点。

他的定力还不够。我在水里缠着他。我用柔软的舌头舔他的光头。我开始以为他不是法海，但后来，他说他是法海，他不想大开杀戒。

我妩媚地笑了。我说，你怎么不敢看我的脸，闭着眼睛念的哪门子的经？

佛祖救我，佛祖救我……他开始陷落了，像整个金山寺，像泥堆起来的弥勒佛。

我知道佛祖救不了他的。我是蛇精，美丽到妖冶的蛇精。

浪又翻了起来。没人知道水里发生了什么，除了我和法海。

法海破戒了。我忽然感到邪恶战胜了正义，至少是打了个平手。

我妖妖地说，还要吗，你这个得道的高僧？

法海闭着眼睛，单手启掌。蛇儿蛇儿，你去吧。

残垣断壁，十里没有炊烟。我只听到了渐远渐弱的“罪过罪过”之声。

7

娆在许仙的怀里很动情。娆说，刚才还巨浪滔天的，现在怎么就风平浪静了？

许仙摸着她光洁的脖颈。许仙想，如果她真是蛇精，她应该知道不能喝雄黄酒的。

但她喝了，而且不止一杯，整个一壶都被她喝光了。

她有些醉意，身子软得像条蛇。不，她就是一条蛇。

难道是那个道士在骗人，只会穿墙之术？他在宽衣解带时，感觉今晚会有所不同，但他现在还感觉不出。他只感到窗外的月亮很圆很亮。他在渐渐放松的警觉中才记起中秋节，是的，今晚是中秋节，一个人圆月圆的日子。

他看不到月亮中的嫦娥。他只感到她的身子越来越凉……

最后是惊愕，是血喷，是死亡布下的阴影，迅速漫过许仙恐怖的双眼。

8

死是很寂静的。死，荒芜，灰冷，像一面镜子。它能照出堂奥的生吗？

生是什么？在山洞里，我被这个问题缠得越来越紧。我喘不过气，也许，生就是一口气。

人，这种动物的生命，怎么会这么的脆弱？像一只蚂蚁，蚂蚁！姐，你知道吗？许仙，他，他死了，死了。

娆很伤心，失魂落魄地看着我，像是在自语，又像是在诉说。

洞外开满了许多惨白惨白的花，像娆的脸，在逆光中让我看到了一种阴暗的潮湿。

我有些幸灾乐祸，在内心，我渴望许仙死吗？我知道我不应该这样。我把我的表情埋在了一片阴影里。

娆已经怀孕了。娆说，我能感到肚子里的那个生命，我不能让他一出生就没有父亲，你能帮我吗？

沉默。沉默中的目光。希翼。无助。苍凉。

娆毅然决然地走了，没有人能把灵芝盗出来，我知道那几乎是一种狂想。

我追了出去，在变幻的层云中，我能看到娆的衣服很白很白，白得就像一片云……

9

忘了是怎么开始的。总之，是梦，是梦就有结束的时候。

师父还拿着他那把破旧的拂尘，眉毛和胡子依然打卷儿，高深莫测的眼神，依然闪烁着冰冷的慈和温暖的悲。

“妲儿，天条难违，你这个不知天高地厚的丫头，你已踏入灵山禁地了，还不回头？……魂魄渺渺烟消，三劫已经轮始……”

“师父，徒儿知晓，可是，娆怎么办？还有娆肚子里的孩子……你不是常说上苍自有慈悲之心？”

“你知道吗？娆自会遭到天谴，自古人妖殊途，阴阳相克，你又何必与天相违？”

“既然人妖殊途为天条所列，娆焉能孕身将生？所谓昭昭日月，万物生所生，死所死，岂为纲条所累！”

“罪孽呀，罪孽，自盘古开天地来，纲为纲，条为条，否则，天地怎能洞开，混沌怎能初启？……算了吧，孽畜，你去吧，上天自有好生之德，但天意不可违，你一定要小心！”

“谢谢师父，徒儿这一去凶多吉少，请再受我一拜。西湖水底藏月洞内，有千年佳酿十坛，望师父闲来去受用。”

“妲儿，好灵巧，藏酒愈久，弥而愈香，为师最后送你大悲咒，不枉我们师徒一场，切记，它只能解你一时之难，但要耗你千年功力……切记，此功只能用在万不得已之时。”

师父像一缕烟一样消失了，像从来就没有来过，你是在梦中和师父再一次拜别的。你好久没有见到师父了，醒来时，只有一弯月牙儿，像镰刀一样收割着西天上的一团乌云。

10

静，静得让人发毛，让人战栗。

所有石头是在瞬间崩裂的。那强大的冲击波，摧毁了我身后所有的树木。

我胸口闷闷的，一种咸咸的液体，从喉咙里喷出来时，我不知道是血。

娆看着我。娆的嘴角也溅出了一丝血。那血染红了她嘴中衔着的那棵灵芝，在夕阳的余晖下，它是鲜红的，像颗跳动的心。

预料之中的石阵，就这样毫无预兆地来临了。它像一个弥天大网，但又不尽是。我用力挥舞着长剑，抗衡着来自八方的力。

血还在流。我的腿冰凉冰凉的，还有我的身子。已经被困多少时辰了，我已经记不清楚了。也许姐姐已经回到许仙的身旁了，也许我该用师父所传授的大悲咒护身了……

恍惚中，我盘腿坐在了一片草地上，万股悲凉从脑后像风一样飞了出来。一切仿佛凝固了，万物，包括时间和空间，只有我像魂魄一样浮着，遇石俱焚，而又游离其上，见障而越，而又隐于无形……天空开始幻化成猎犬的形象。那张开的犬嘴，漩涡般的无限延伸着，疼痛膨胀着穿过血管和心脏，残云一般掠过我的皮肤、鳞片和眼睛……

11

青舍。洞堂。佛香袅袅，木鱼声声，小沙弥影动如晚秋的落叶。

我醒来，恍如一梦，幻生幻灭，仿佛夜空之寂寞烟花。

不是道观，不是师父，不是庭院，不是娆，那会是什么地方？渐渐复苏的知觉，敏感地探测着空气中每一个活动的分子。

寺院，是的，寺院，怎么会在寺院呢？难道我是在祭坛上吗？我挣扎着，但我毫无力气。静，还原封不动地静着……

光影西移之后，又西移。渐渐地有脚步声了，开始很远，后来就近了。我睁开了眼，四目相对时，那个目光像跳动的火苗一样躲闪了。

阿弥陀佛，善哉，善哉，你终于醒了。他又单掌稽首，深施一礼，闭上了眼睛。

我肯定是哭了，但他没有看到。有些泪是不需要别人看到的。他睁开眼睛的时候，我已经迅速地把它擦掉了。我又妖妖地笑了。

干吗救我？七级浮屠，十里贝叶，哪里有怜香惜玉之词？

他的脸又红了，急促的呼吸中又变白了，霎时额头爬满了细汗。

上——上天有好生之之德，许仙命——命不该丧，你——你又何必用如此言语羞辱我佛？

口齿那么伶俐，怎么结巴了？阿弥陀佛，善哉呀善哉。

我更加妖妖地笑了起来，但忽然觉得胸口一疼，像有一根针穿了进去。

蛇儿呀，蛇儿，且莫恣意放纵，你盗取灵芝已触犯天条，难道不怕我收了你？

那你收了我吧，连上天都有好生之德，你怎么就舍得收了我呢？

我是有点肆无忌惮。我蠕动着白花花的身子。小沙弥惊奇地看着我像花朵一样张开的胸部，手一抖，青瓷茶碗随着托盘应声落地，碎成了几片……

12

白雪皑皑，千里冰封。一条蜷曲的蛇，无声无息。它，冻僵了。

瑟瑟寒风中，一双瑟瑟发抖的手……

温暖，来自另一个身体，那不是母亲软软的有花纹的腹，那是异类，一种叫人的动物。

醒了，知觉渐渐地找回了力量，知觉中的黑，是恐惧的外形，你本能地扬起了头。

毒液是一点一点地渗透的，开始是心脏，接着是全身，死亡之旅其实不过几分钟。

蛇儿，多么可爱的小生灵，只可惜我要死了。世界其实没有那么多恶，你懂吗？小——小生灵……

寂寂中，总有这个梦。同样的场景，同样的人物，同样的表情，像翻来覆去的皮影戏，挥之不去，闭上眼睛似乎看得更清。

卜者皮包骨头，瘦若干柴，但矍铄一如千年苍藤。卜者接过了你抽出的竹签。女施主，是问前世因，还是今世果？

你有些犹豫，但最终还是说出了梦境。你觉得自己很好笑，甚至是好玩，荒诞不经，一个凡人，能为你占卜些什么呢？

他仔细地端详着你，渐渐地，他的眼神变得有些诡秘了，像有一把刀，在解剖着你，你有些发怵了……

金山寺是为一个转世的金禅子所建，传说，他普度苍生时，被一条毒蛇咬死了……

真的是这样吗？像被电击了一下，你有些吃惊。

你越来越感到自己就是那条蛇了。整个下午怪怪的，那个卜者怎么转眼就消失了呢？

13

秋雨连绵，如织如缕。

我至今也记不得那次鏖战，我是怎么从石阵中逃出来的。大悲咒使我身轻如燕，但不住地吐血后，我的身体为什么会那么急速地萎缩呢？难道我真的丧失了千年的道行？

腿似乎有点角质化了，那一层一层的鳞片，怎么会像丛草一样覆盖了我那光洁的肌肤？还有我本该冰凉的身子，怎么总是热得发烫？小沙弥每天都送来一罐药，苦苦的液体，他说是师父亲自熬的，你一定要吃。

法海三天只来一次。除了那个小沙弥外，我的世界是寂静的，就像法海所说的佛的寂静，但我的寂静是佛的寂静吗？那混浊的往事，娆的风情，许仙的笑容，还有师父的叹息……一切是那么的杂乱，像拥挤的声音，像乱坟岗里狐的哀号。

佛法万宗，万物皆佛，修行在乎心，而无拘于性。

真的是这样吗？

我开始读那些蝌蚪一样的梵文了，那是法海留下来的，我真的被他感化了吗？

又梦见湖水了……是西湖，那巨浪滔天的翻滚，那恣意的缠绕和摩擦，那带电的痉挛和疼痛……现在回想起来，一切是多么的荒谬、多么的甜蜜和堕落……

我已经混入那个高大的讲经堂好几次了。我知道，只有他才能认出我。在成百上千的善男信女中，我的眼神很特别，他一惊后的停顿，只有我才能看出……

这难道就是娆所说的缘吗?

14

左眼跳后，是右眼，然后是双眼，一齐。

心神不宁，总预感要发生些什么，但什么也没发生。

读几章经文，到后山观花，花几乎都败了，湖水里单薄的身影，映瘦了哪朵野菊花?看到几只黑鸟，总跟着我，越发感到不安了。

午睡时，恍恍惚惚看到娆。娆披散着头发，被一个钵盂倒扣在山尖上，不停地，有天鼓在响，还有雷公和电母……

一身冷汗后，我哭了。法海抱着。法海说，他们找不到这里的，别怕，我的小蛇儿。

一切开始得很自然。我像藤一样又缠绕住了他。这次我发现他颤抖了，像一个第一次做贼的新手。

他急促地呼吸着，呓语着:妲儿，妲儿，你这个妖精，妖精!

几番云雨后，我们静静地躺着。万物滋润，各得其所。

15

天兵天将是在我下山的途中，拦住我的去路的。

我穿得和尘世女子一样，裙红裳绿的。我想，没有人会认出我，但天神都有射线一般的眼睛。

没有天罗，更没有地网，有的只是灰尘，十里长烟，遮天蔽日。

我纵身跃上了山尖，冷笑着现出了原形。毒液是被逼出来的，是一种本能。我已无计可施。

山下一片溃然，如滚滚沸腾岩浆，所到之处，物毁人亡，鸟兽绝迹。

生灵又遭涂炭。阿弥陀佛，善哉善哉！

休走，何方妖孽！

话音未落，十二道寒光迎面飞来。

我极力避闪，但还是身中数招。身子一软，从云端摔了下来。

怎么会是你，妲儿？

昏暗中，我听到了那熟悉的声音。那声音在悲凉中透着热烈。

金禅子，还不把妖孽拿下，等待何时？

齐天的声音，响若洪钟，震耳欲聋。

我在法海的怀里一直往下飘着。他的僧袍很大，整个过程只有几秒钟。我看到他脸上的泪了，是的，是泪，一种很热的液体。

收了我吧，天意不可违，也许还会有来生，来生我一定要托身成人。

还让我勾引你，好吗？

最后，我又妖妖地向他笑了起来……

冯羽羽 · 自白

点燃我，然后
熄灭。
今夜，我是蝴蝶
在大头针上最后的舞蹈

我珍视美，但渴望你
消耗它，哪怕是伤害
带我走进风暴的中心

我身上有折叠着的三色花
你要，就取走它们吧
我要变成一条蛇
在午夜，吃掉你，我可爱的
苹果

新通桥之恋

如果把时间分为白昼和黑夜两面的话，那么，记忆又能被分成什么色泽的两面呢？

A面：我

1

在知道冯羽羽真实身份之前，我几乎无法相信，这个世界上还有如此妖艳的男人。他几乎让我想到了泰国的人妖。

我不是汉哀帝，没有断袖之癖。我爱美，哪怕这种美是被异化的、如鱼缸里杂化的没有生殖能力的金鱼。

在这个故事开始之前，我必须告诉你我是一个什么样的人。

理论上讲，我是一个职业经理人，就类似于唐骏或吴士宏的人。而通俗地说，我就是一个打工的，就是帮助投资人在短时间内把财富增值的人。

我的老板张梅可以说是个奸商，但她在社会层面上，奉公守法，一副良民的姿态，你丝毫就看不出什么。事实上，这世界上所有的人都有点奸，连我内心崇敬的偶像牛根生也是个大奸商。商人的属性本来就是赚钱。这似乎一点也不为过。但我们公司和老牛不同的地方是，我们从不向我们的产品中添加三聚氰胺，顶多添加的是一些废话，或陈旧的理念，也就是说，我们的公司是做品牌策划的，而我就是这家策划公司的总监，实际的运营者。

我们的公司虽然不大，但在业界知名度很高，尤其在服装界。自郑州女裤在国内崛起以来，我们公司可以说是出尽了风头。在这一点上，我倒是很佩服我的老板张梅。她的眼睛不大（类似林忆莲的那双眼），但看市场看得还真准。从一个商贸公司转做品牌策划，她只用了半年的时间。她经常对我们说，速度，速度就是一切。这不是一个大鱼吃小鱼的时代，而是一个快鱼吃慢鱼的时代。其实，我的速度也很快。从进入她的公司，到做到策划总监，我只用了三个月的时间。从表面上看，我很成功，是一个乐观向上、积极拼搏的人。事实上，我忧郁，消极，过分关注细节，唯美，醉心于一切艺术。在我的想象中，我几乎就是第二个王尔德。

好了，不再啰嗦，故事马上转入正题。

2

认识冯羽羽是在一个很糟糕的派对上（本来是张梅的一次约会，但她非让我去，说都是服装界的朋友，要我联络一下感情）。那个晚上，天淅淅沥沥下着小雨。空气在沤热中透露着一股鱼腥味儿。当我和那些认识的和不认识的狐朋狗友们喝得东倒西歪时，我才注意到坐在角落里一直沉默无语的她（当时我不知道她就是他）。

她那晚穿着带暗花的黑旗袍，略施粉黛，头发高挽，发髻形同富士山。

我开始以为她是小姐，但看她端庄的样子，冷若冰霜的目光，就知道那种猜测毫无根据。

她是冷艳的，在那个晚上，像一个发光体。我内心欲望的小虫子，几乎快要振翅飞了出来。

我们都醉了，醉得一塌糊涂。和她一起来的男人也醉了，吐了一地，而她却无动于衷。狂轰乱炸的 KTV 是在凌晨一点结束的。我没有向谁告别准备离开时，她忽然对我说，你去哪，有车没，可以带我一程吗？

是的，车，我几乎忘记了车。我摇摇晃晃还能开车吗？

我依着门框，不停地给橙子打电话，除了小小的内部矛盾外，为什么几天了也不接我电话？

橙子是我的女朋友。我想让她来把车开走。

我开吧，钥匙？冯羽羽的声音很低沉，像从有源音箱里播出来的一样。

我扶着墙壁，回头看着她说，能行吗？

她的目光很坚定，似乎不容置疑。

走，算了，我们去新通桥。

我有些头晕。在对橙子的恼怒中，我一把拽住了冯羽羽。她开始很吃惊，后来就提着包，顺从地扶着我走出了英皇会所……

3

脑袋里有一种撕裂的疼，像挨了闷棍一样。胃里还像有火一样在烧。我知道，我又喝醉了。我大声地叫着橙子。水，我要喝水……

橙子说我在喝醉时总是这样，不但折腾别人，也折腾自己。她说她恨这样的男人，就像恨她的父亲。

橙子出生在南阳，白河岸边，一个单亲的家庭。我只知道她有一个妈妈，是个妇产科医生，其他的就什么也不知晓了。有关她的家事，她一直讳莫如深，从来就不提。当然，我也不去过问，我们拥有的是现在，又何必去计较以前呢？想想我凄惨的童年，我至今还心有余悸，我又何必提一些不堪回首的往事呢？

橙子从来就不问我的过去。橙子属于那种很智慧的女人，她用二分之一的智商，就能对付所有的男人。这样说，并不是说橙子多有心计，而是因为她很美，在漂亮女人面前，男人的智商多半都是打折的。

不知过了多久，我睁开了眼睛。开始以为在家，等我看清了那天花板上欧式的吊顶、雕花的阴角以及那夸张的形如花瓣的蚊帐后，我才意识到我是在别处，一个陌生的房间里。

是冯羽羽，我模糊地记得这个名字。显然，她早就起床了。

她只穿着睡衣，头发高挽，背对着我，像是正在阳台上浇花。她裸露的脖颈，细长细长的，在一片模糊的光晕中像凝脂白玉一样，随意丰满着你的想象。

阳光从窗外射了进来，很浓，但还谈不上热。空气里的潮湿，还弥漫着一种淡淡的紫罗兰香。

我怎么会在这里？昨夜，难道昨夜……

我疑惑着，环顾着四周。这粉红的墙壁，这枝形的水晶吊灯，这梳妆台，这散放着的有序的化妆品……

我努力地回忆着，思维之网像雷达一样捕捉着，但一片混沌，什么也捕捉不到，仿佛一粒石子投进了深湖，再也找不到什么踪迹。

昨晚到底发生了什么？难道像一个感染病毒的文件，已被删除了吗？

我放弃的时候，冯羽羽走了过来。

醒了？昨晚找不到你的家。所以，就……就来我这里了。

她的声音有些拿捏，沙哑，迟缓，但亲切，像是覆满了糖。

当她看到我还没穿外衣时，脸上泛起一丝红晕，低下了头，说，衬衫已经熨好了。接着，就像一朵月季花一样消失了。

我心慌，十二万分地心慌，如有十二万头小鹿在跳，不知道昨晚到底发生了什么。我最终是在内裤的边缘上，发现那些口红的印记的。我甚至连擦都没擦，就穿上了裤子。我知道，我可能是做了些什么，这印证了我内心的推测——地板上那一团一团的卫生纸。我一下子想到了橙子，一种懊悔恍如云朵一样升腾了起来。

我不知道为什么就那么快地逃离了冯羽羽的家。我甚至连说一些负责的话都没有。冯羽羽只是看着我，直至我像狂奔的蚂蚱一样飞离她那个有些荒凉的社区。

4

说不上来是自责还是内疚，在接下来很长的一段时间内，我都无法面对橙子，无法面对她的眼神和身体。她是洁白的，干净的，犹若一朵耀眼的莲花。而我呢？像路边的一杯水，落满了灰尘，我曾多次站在镜子前打量着自己，甚至，在一次做爱后，我问橙子，你到底觉得我是一个什么样的人？橙子不知我在想什么。橙子也有细长细长的脖颈，在她扭头去阳台上拿外衣时，我怎么就想起冯羽羽了呢？

橙子很忙。橙子说，她参加了所里的一个课题，下一段时间可能整天都要泡在实验室里。橙子说这话时，我有些心不在焉。我心不在焉是因为我看到了晾衣绳上那条内裤。那个夜晚，我到底做了些什么？怎么一点感觉都没有？

如流水线上的一个操作员，整个夏天是忙碌的。我南下北上，马不停蹄地陪客户跑，在电话里，为了一些鸡毛蒜皮的小事，和橙子妥协，争吵，再妥协，整个生活犹如置进滚筒式的搅拌机一样。在记忆的橡皮几乎快要把冯羽羽擦去时，她却像一朵昙花一样主动出现了。

依然是旗袍，她穿得很严谨，站在火豹夜总会的门口，和一个戴墨镜的家伙在交谈着什么。

不知道为什么，一种莫名的醋意突然在心头翻卷了起来。它几乎在一瞬间就破坏了我的平静。我就在离她不远的地方拨通了她的电话。

她和那个男人的谈话中断了。我看到她在看手机，但她始终没接。我看不清她的脸，更看不清她的表情，但那一刻，我是心痛的，像在心中默默地放弃了些什么。

整个晚上，如流水一样无声。橙子没碰我，我也没碰橙子。尽管橙子那新买的镂空蕾丝内衣，在前一天晚上是那么的诱人。

接下来的几天，似乎都死气沉沉的。因为一点小事，又和橙子闹矛盾，几乎让我达到了忍无可忍的地步。也就在这个当儿，我的电话响了。

来电显示是冯羽羽。

5

恬淡的灯光，跳动的蜡烛，有舒缓的音乐，但还是显得很安静。冯羽羽穿着露背的晚礼服，整个身休凸凹有致，闪烁着羊脂瓶的曲线。

除了吃，喝酒，我们几乎不说话。一切都显得那么的暧昧、默契和暗合，像有心灵感应。

我几乎是醉了。在午夜 12 点的时候，我用发烫的目光盯着她的脸。我挽起了她的手，在音乐里和她晃动了起来。

她很配合，偎依着我，像一朵牵牛花缠绕着豆秧。我的手在她裸露的背上摩挲着，细细腻腻地，但当我的手指沿着两根细细的带子，进一步由外及里时，她却像含羞草一样，闭合了她粉红色的花瓣……

我意犹未尽，像木雕一样站着，感受着指尖的余香。而她却一转身，换上了一件暗红色的露肩旗袍。她说，我们一起去疯疯吧。

纬一路很暗。有法国梧桐浓密的叶子，有闪烁的霓虹招牌，还有偶尔在暗处被车灯照亮的情侣。

世界3酒吧很大，我远远地就在路边停了车。泊车的门童很礼貌，微笑着为冯羽羽打开了车门。

这是一个在外面看似很平静，而内部很热闹的酒吧。侍者清一色地戴着绿色假发，眼影涂得像法国的性感影星碧基·巴铎。

冯羽羽似乎和里面的人很熟，她不住地和一些人招呼。吧台前有一些人在喝酒，无背的钢管椅上参差不齐地坐满了人。

冯羽羽竟然要了威士忌。

说实话，我对烈性酒有着天然的惧怕心理，但看着冯羽羽优雅地拿着杯脚，那琥珀色的液体在杯子里来回晃动着，并散发出了一种沁人心脾的植物香味时，我的心就快醉了。

演出是凌晨1点的时候开始的。

丝袜。长腿。钢管。镂空的乳罩。很出位的艳舞后，是打击乐的轰鸣，是如痴如醉的歌手啃着话筒的疯狂。

纷乱。激越。沸腾。仿佛连荷尔蒙激素也飞了起来。

一群人在台上整齐地动，像《功夫》里的斧头舞。随着音乐的加剧，一个很锐的、带有一丝沙哑的歌喉突然响起。那歌喉来自中间突然兀显的舞者。她甩掉了头上的礼帽，身上的西服，她乍现的近乎半裸的肢体，如一朵大丽花一样迅速地盛开……

冯羽羽，我几乎惊叫了出来。她竟是冯羽羽！

节目刚开始的时候，我记得冯羽羽说要去卫生间。她怎么一下子就跑到舞台上了呢？

我坐在钢管椅上，望着冯羽羽空了的酒杯，纳闷，一千个纳闷。

冯羽羽没有卸妆。她只是又换上那件旗袍，脸上金粉银粉一把一把的。在微微的光线里，我能感觉出她呼吸急促，气喘吁吁的。

我们喝七瀑的矿泉水，在一个相对安静一点的角落里坐了下来。我说，这是你的职业？舞跳得不错。

冯羽羽微笑。冯羽羽说，每周只有两次，我是客串。

蓝色灯光开始旋转时，冯羽羽和我又喝了N杯的威士忌。我不知道是醉了还是怎么，当那蓝色灯光打在冯羽羽妖艳的脸上时，我突然吻了她。

我是从她的头发开始抚摸的。她温热的耳朵，她光洁的脖颈，她裸露的后背，她圆润的左肩，她左肩上那几粒精致的扣子。

她没有拒绝。她只是迷乱地看着我，任我解开她脖颈里唯一的一粒旗袍的扣子。我吻到了她充满汗水和香味的双乳了，那双乳浑圆挺拔，在我湿湿的舌尖下颤抖着……

6

新通桥其实很旧，上面贴满了治疗性病的小广告。新通桥的下面没有水，有的只是匆忙的人流。这个立交桥建成的时候，我还在这个城市的一个角落读书。这个地方没有桥的时候，经常出事故。等有了桥时，还出事故。

这个晚秋是凄凉的。我在一个夜里，几乎想从桥上跳下来，让午夜的货车压碎我所有的痛苦。相恋8年同居3年的爱人最终还是与我分手了。虽然在一起时磕磕绊绊，但当一种爱成为了一种生活习惯而又突然丧失时，你会有什么感觉？

失重，像电梯突然落到了底。

当橙子在一个下午为我熨完了最后的一件衣服时说，我们还是分开吧。我当时的感觉就是这样的。

我和几个空酒瓶子在沙发上度过了几个不眠的夜晚后，才想到去新通桥的。因为那里是我最初认识橙子的地方。

橙子那时很白，白得像一支天鹅的羽毛。橙子那时总穿着一件洁白的衬衫，站在人群的中央。橙子是学医的。橙子每周都到这里宣传义务献血。

我开始喜欢橙子时，她根本就不知道。我连续献了两次血后，橙子说，你不能再献了，时间间隔太短了。你是哪个学校的？

橙子开始喜欢我的时候，才知道我是孤儿。橙子和我第一次做爱的时候，橙子说，你可以把我当成你的晚娘，我真的比你大三岁。

橙子不是钟丽缇，但有比钟丽缇更细的腰，更长的腿。橙子当时上大四，我上大一。

橙子是个好医生，上完研究生后更是。

橙子是搞遗传学研究的。橙子曾经对我说，一个精子和一个卵子结合，要经过一个相当于万里长征的跋涉，生命是多么的不容易呀，就像在 13 亿人中找一个作爱人。

庞大的 13 亿呀，我就这样无声无息地把橙子弄丢了。

7

我是坐了3个小时的车，才赶到这个叫向阳坡的地方的。

我早年苦闷绝望的时候，总是来这个地方，但如今这里的一切都变了，连孤儿院的破围墙也被拆掉了。

向阳坡其实没有坡，有的只是挖人工湖时留下的土堆。因为原先上面种满了向日葵，所以才有了向阳坡的称谓。

我凄惨的童年，有一大半光阴是在这里度过的。没有玩具，没有游戏，甚至连食物都没有，有的只是饥饿、贫穷以及水泥管子里像铁一样生锈的天空……

我曾恨过这个地方。我不知道，我的父母为什么把我遗弃到这里，但多年来，我又一直把它视为我的“故乡”。因为也正是在这里，我遇到了孤儿院的郝院长。若不是遇到她，我几乎不敢想象我的人生将会是什么样子。

郝院长在世的时候，我曾和橙子回来过一趟。那时，郝院长的耳朵全聋了，什么也听不见。她见了我只是不停地说，你是这孤儿院里最有出息的孩子。

那天，我和橙子在这里做了一天的义工，为孩子们洗澡，检查身体。在晚霞夕照时，我们才有时间去了向阳坡。

那天，坡上到处都是向日葵，金光灿灿的。橙子穿着白色的连衣裙，像天使一样在里面飞舞着。橙子说，这么美的地方，你怎么不早带我来？

如今，一切都改变了，改变了，恍如梦境。我把橙子弄丢了。我来这里又能追寻些什么？旧日的影子，橙子崴断的高跟鞋，还是向日葵下急促的喘息……橙子的照片还在我手里淡淡地发黄，那么清晰的笑容，还有晚霞和云朵，如今，飘散了，都去了哪里？记忆呀，如一团死灰，再也荡不起一丝生活的热情。

我孤独地、无助地坐在人工湖旁的长椅上，望着灰蒙蒙的天空，忽然泪流满面。

8

初冬的郑州并不寒冷，寒冷的只是我的内心。在上海学习的半个月，我几乎把自己封闭了起来。做个套中人有时并不是最坏的选择，契诃夫也有错误的时候。什么东方明珠塔啊，外滩啊，统统与我的视野绝缘。

从上海回来后，我想请一段长假。张梅一直不准。张梅还算是了解我的人。她说，你想干吗呀余勉，不就是失恋嘛，有什么大不了的，让姐姐我陪你。

张梅去过我住的地方，而且不止一次，甚至有一次还碰到了那个守寡的老房东。她看着张梅低胸露背的样子很吃惊，说怎么好长时间没见到橙子了。张梅那天喝了许多酒，从钻石人间出来后，就一直想往我怀里钻。但我知道，我们之间是绝缘的，是任何导线都无法连通的。人和什么人有缘分，似乎都是天注定的。况且，张梅还是我的老板，职场中最忌讳的就是这一点。

活在自己的日子里，是的，又有谁不是活在自己的日子里呢？

当我痛定思痛，接受了橙子离开的事实后，我的生活就开始保持着一种低沉的调子了，可谓是日出而作日落而息。我仿佛又回到了童年孤儿院的那种有规律的类似饲养式的生活。我有童年阴影，真的，我性格中阴郁的成分多半是来自对生活毫无目的的焦灼。

我是在一个深夜开始读西尔维娅·普拉斯的东西的。这个含着煤气管自杀的女人，她的许多诗句几乎就是我的心声。我想，将来我也许会吞下橙子留下的那把医用剪刀自杀的。

橙子走的时候，把她留下的一切痕迹都抹去了，连这把剪刀也是在她走后我在床缝里发现的。

这种自我封闭的状况，一直持续到春节过后，一个春光融融的日子里，我去咨询一个叫刘家卫的心理医生后，才有所缓解的。因为那一天，我意外地见到了像候鸟一样销声匿迹了很久的冯羽羽。

冯羽羽没有胖也没有瘦。她的美丽也无需让时间打击盗版，还是那个样子。不同的是，她的声音细了很多，皮肤比以前更白了，好像做了激光一样。

我开着车子，转了好大一圈，才到了时光村落·1895，那是一个既能吃饭又能看电影的地方。冯羽羽说，她在海南的这段时间老怀念这个地方。

冯羽羽吃得很少，滴酒不沾。她说她还病着，忌口，而我却相反，毫无忌讳，几乎想用这次意外的重逢来扫荡我整个冬天的阴霾。

电影开始的时候，我才发现是老电影《廊桥遗梦》，看过了 N+1 遍还要多，但我发现冯羽羽看得很投入，有几次，我甚至看到了她眼边湿湿的泪。

从时光部落出来后，已经是华灯初上了。我暂时没开车。我们沿着一条如狗肠子般蜿蜒的小河漫步。那河堤上有灌木，有草坪，也有一对对情侣交颈如鸳鸯一样亲昵着……

不知何时，冯羽羽的手已挽着了我的臂弯。她小鸟依人的姿态的确像一只鸟，像一只由于疲惫而栖息的鸟。在暗夜里，她的眼睑暗蓝，她的眸光很亮，如一盏500瓦的镁光灯。

妖娆的女人就是这样的。她会用气息、眸光以及细微变动的眼神来捕获你。

冯羽羽就是这样的女人。

冯羽羽身上有许多异质的东西。那些东西似乎在我身上也有，但它们很模糊，像随着岁月渐渐消失的胎记或伤疤，你记起时还知道它在哪里，仔细寻找时却什么也找不到。

那个晚上，在长凳上，我又一次吻了冯羽羽。冯羽羽很动情，也很投入。在我的臂弯里她沉甸甸的身子一直是颤动着的，如一只正在脱皮的蝉……

9

雪是从中午时分开始下的，起初，我没注意，等从国际会展中心出来时，地上已是白白的一片了。

车行驶得很缓慢，如走在薄冰上，在黑川纪章设计的迷宫里，我们都是爬动的虫子，出租车司机一直在骂娘：什么大师，狗日的小日本。而我却无动于衷，在一片茫然中望着窗外坚硬的楼群和街区，在艺术中心那金蛋型的建筑阴影中，想着曾几何时，我和橙子还一起来这里看演出。那晚，记得是橙子的生日，橙子第一次戴上了我送给她的项链……

泪水模糊了视线。回忆快要凝结了似的。空气中还感不到冷，但我知道，我是冷的，如一块冰。

没接张梅的电话，也没回她的短信，什么重要的客户，狗屁！我才不去理会他们呢。我只想寻找我的橙子，橙子，你到底在哪里？怎么一转身你就不见了？干吗要躲着我？我知道你也来参加会展了。在拥挤的人群中，我不是看到你了吗？戴着贝雷帽，围着白围巾？我离开展台后，就迷失了。那么多攒动的人头，是的，橙子，我什么都顾不了了，我只想找到你，在人群中找到你，但我怎么就找不到你呢？

我提前离开了展会，是的，因为你，橙子，我忽然觉得一切都失去了意义，都变得不值得一提了，只有你是重要的，重要的，橙子！

整个下午，我好像犯了病似的躺在床上。开始是胡思乱想，睡不着，等好不容易睡着了，一个小梦就醒了。说是光线的原因，拉上窗帘，也无果。

傍晚时，不知为什么，我像火烧眉毛一样变得异常的焦灼。去楼下买烟，遇到了一个戴贝雷帽的女孩，看着她一脸红红的青春痘，我不知道为什么在内心涌起了一阵阵的失落。

去经纬广场，发现路边停了许多消防车。等走到广场的一角时，才知道旁边的居民楼发生了火灾，听说烧死了两个人。

广场上人很少。只有冬青是绿的，给人一点鲜活的气息。高高低低的建筑，是静止的、灰色的，在薄雪的覆盖下，更显得暗淡无光。也许是空气里的寒冷，让我的心稍微地平静了下来。

身心说不上是疲惫，但像这样的下午，在我的生命中的确有无数个，也许将来还会有。我有时会显得过于敏感，以至于脆弱，但生命的本质到底是什么呢？世界说起来很大，但也很小，像一只蚂蚁，我真的要淹死在一滴水中吗？

10

并没有打算去南阳，但还是去了。与其说是工作，倒不如说是因为橙子。一路上，张梅什么也没说。车到白河岸边时，她忽然问道，那天在展会上是不是看到橙子了？

你怎么知道的，你也看到了吗？我有些迫不及待，像思索很久的一个问题，终于找到了答案。

猜测。

她很冷，语调中有一种鱼脊一般的滑。

希望你的私事不要再影响工作，尤其是情绪，今天去德尔雅服饰工业园，接洽的可是一位大客户。

张梅的声音很低，但我知道她是相当严肃的。对上次展会上的不辞而别，她肯定是生气了。

进入经济开发区后，车子行驶得十分缓慢。同样的街道，同样的厂房，几乎让我们分不清哪家是我们要去的。

对于这样的工业园，我知道多是流于形式，而真正能带动当地经济发展的却不多。一些外来企业只是通过这样的渠道套取些资金罢了。

张梅很清楚这些所谓企业家的伎俩，但作为策划人，又能说些什么呢？我们除了把这些所谓的企业家包装得更像企业家外，似乎什么都不能做。所谓行有行规，更况乎这是一个到处都充斥着潜规则的时代呢！

德尔雅服饰看起来很大，其实是个空壳。破旧的设备除了能加工些粗糙的工装外，就再无他用。而精明的福建人，就是靠这些破铜烂铁，套取了当地政府大笔无息贷款的。

我对德尔雅的吴总没有一点好感。他一嘴的鸭子腔，镶着两颗金牙，说话吐字不清，还没一句实话。

我是在晚上喝完酒后，才离开白河大酒店的。合同虽然签了，但我却没有一点成就感。我知道橙子的老家就是南阳的。或许，她就躲在这里，就在这座城市的某个角落里，等待着，等待着我去寻找……

11

"不管我坐在哪里——在船甲板上也好，或巴黎呀，曼谷啊，某个临街的咖啡馆里也好——我都是坐在同一个钟形玻璃罩底，在我自己吐出来的酸腐空气中煎熬。"

是的，煎熬。不知道为什么，我总想起西尔维娅·普拉斯的这句话。每当想起这句话时，煎熬这个词就像沉入血液的利器一样肢解着我，使我深陷一种无以复加的空虚，尤其是在深夜，一个人回到住处时。

自从橙子离开之后，我的房间就一直没收拾过，所有的格局还保持着原样。那些花呀草呀因为缺乏必要的照顾，大部分已经枯萎了。只有那盆仙人掌，还倔强地闪着生命的绿色。橙子喜欢花。橙子曾说过，花是植物化的女人，看一个男人如何对待花，就知道他如何对待女人了。

的确，我不是一个好男人—— 一个有责任心的男人。橙子走后才几天，这些花怎么都枯萎了呢？

我的自责多半带有反省意味，甚至反省自己是不是有强烈的大男子主义才让橙子无法忍受而离去的。我又想起了冯羽羽。难道橙子觉察到了什么，是因为她橙子才离开的吗？

也许，我真的是罪有应得。是的，不该去参加那次聚会，更不应该喝那么多酒。是的，酒，太害人了，我该把它戒掉，彻底地戒掉它！

我从花市上重新买回那几种花的下午，阳光灿烂极了，仿佛是三月，仿佛橙子就在家里等我，仿佛她已经为我沏了一杯毛尖放在了茶几上……也许，是该换个心情生活了，煎熬，何苦自我煎熬呢？

整个下午，我都在忙碌着，为如何摆好一盆花殚精竭虑着。或许，我应该认真对待生活中的每一个细节。这些细节，也许就是生活的全部，就是生活的本真。又有哪一个生命不是在对这些细节的把控中消逝的呢？

12

一个上午的无聊，是雨，是一个冗长的策划案，是窗帘打开后又合上。我无端地焦躁起来，因为我看到了日历，突然记起今天是橙子的生日。

橙子会在哪里？这个生日会怎么过？记得在一起时，她喜欢奶白色的康乃馨，她喜欢吃醋溜的土豆丝……一阵阵美好的回忆之后，就是一大段灰色的痛苦。它们像空袭一样，在我体内拉着警报，令我坐卧不宁，像犯了病。

中午，特意去小店吃了一碗面条，算是给橙子吃长寿面。天很冷，但我还是毫无目的地乘车去了新通桥。

午后的天空依然是铅黑铅黑的，虽然雨停了。街道积水，汽车缓行，拥挤的自行车交织着稀疏的行人，沸腾着整个城市。

也许，只有我是不合时宜的，甚至是堕落的。一切在雨水的冲涮下都是干净的，甚至那些道旁垃圾桶，那些依门媚颜的发廊小姐……我又想起了冯羽羽，想起了那个夜晚，那个夜晚我到底对她做了些什么？

回忆之网无限延伸着……那柔软的手臂……那桃红色的嘴唇……那暗褐色的、有五彩羽毛抖落的夜晚……一切又模糊了，交织了，消失了……形同一层毛玻璃，隔着车窗外的世界。

麻木的自责和自责后的麻木，让脑袋沉甸甸的，像和肉体分了家，成为了多余的一部分，被肉体所扛着。

手机是何时调的振动，我已记不清了。它“嗡嗡”地在我口袋里振了好一阵子，才被我发现。以为是客户，却不是，接的时候，又没音了。我正在纳闷时，一个影子像一团光焰一样映入了眼帘。

长统靴，皮短裙，栗黄的头发，一顶乳白色贝雷帽紧压着的是一张上着彩妆的脸。很甜俗很甜俗的目光，开得像一朵罂粟。

怎么会是冯羽羽？我的脑袋又一阵接着一阵地疼了起来……

13

短暂得如燕子尾巴的三月，很快就被四月剪断了，接下来是一年中我最忙碌的时刻。兰贝女裤的品牌策划开始了。这是一个很大的单子，前期的市场调研虽然做过，但那过于笼统的数据让我一眼就看到了，那是流于形式的杰作。

新的市场调研在所难免，且迫在眉睫。

兰贝厂方很主动，派来的是一名经理，即声名有些狼藉的沙可萱。

沙可萱 29 岁，是兰贝企划部的副经理。她除了有健壮的身体、稠密的卷发和麦基山一样的乳房外，还有吉卜赛女郎一般的热情和放荡。沙可萱善谈，天生的交际能力使她像有氧基一样，可以与任何惰性元素发生反应。这一点恰好与我自闭的性格形成了互补，在南下的火车上，正是她一路的畅谈，消除了我们旅途无尽的寂寞。

我是带着诗人森子的一本《采花盗》出门的，但一路却没看一眼。这个民间印制的诗歌读本是从朋友余宏昌那里借来的。朋友余宏昌在我的印象中只是一个 DM 杂志的执行主编，不想，在一次聚会中当我谈到西尔维娅·普拉斯时，他忽然问我，你也写诗?

我们的交往一下子密切了起来，类似于在白色恐怖的敌占区找到了同志。我们的交往一直持续到我忽然发现平顶山竟有偌大的写诗的群体，并且在国内这么出名。

到了广州我们就住进了早已预定好的快捷酒店，然后就是马不停蹄拜访客户，走访商场。沙可萱干这一切很干练，有条不紊的，我几乎快成了她的助手。

广州的天气很热，沙可萱到了广州就换上了夏装。在白天的时候，沙可萱的打扮很职业，丝绸质地的白衬衫加黑色的铅笔裙，一副 OL 的样子很迷人。晚上则是紧身的连衣裙，从胸口开始，很随意地盛开着圆润的白。

沙可萱在饭食上一点也不挑剔，随意得出乎意料。我开始还正式地去海鲜楼请了她几顿，等后来熟悉了，吃的也都是些家常便饭。

沙可萱其实是一个很不错的女人。几天接触下来，我就感觉她做企划部的副经理屈了才。她应该做市场部的经理。

从广州飞到海口，其实只是眨眼的功夫。当飞机降落的时候，我从舷窗里看到了晚霞和夕阳。我忽然觉得有人在抓着我的手，我知道肯定是沙可萱，我扭头说怎么了可萱。

沙可萱脸色苍白，要呕吐的样子。沙可萱说，可能是病了，一阵阵地心慌。

14

沙可萱的确是病了，且一病就是三天。

海口在我印象中虽然庞杂混乱，但迎接我们的却是一幢很精致的别墅。沙可萱说那是她一个朋友的房子。那房子有三层，看样子是一个新房，我是说结婚用的新房。里面什么都有，甚至连窗户上的“囍”字还没揭掉。

沙可萱住二楼。由于她病了，我也只好住二楼，就在她的对面。

由于这种变故，我们的计划不得不临时调整，决定休息一个礼拜。

沙可萱喜欢吃甜食、干果之类的东西，我就打的跑了好远的路，给她买回来了一大包。其实，医生已经告诫我了病人不得吃什么什么的。那天，医生以为我是她的家属。

我很少做饭，几乎不下厨房。那天，当沙可萱说她想吃蛋炒饭时，我还是亲手为她做了。沙可萱那天应该是吃得很香的。从她不住地看我的眼神里，我就能读出那一点。

这其间，什么也没发生，除了接到冯羽羽的一个莫名的电话外。我几乎把整个郑州都忘到爪哇国了。她在电话里说你在哪里，郑州下雨了。

五天后的一个夜里，天气潮热，正当我打开诗人森子的那本《采花盗》时，沙可萱推开了我的门。

沙可萱说，明天我们又要开始忙碌了，今晚不如狂欢一下。

沙可萱的病是彻底好了，否则，她绝对不会这样神采飞扬地站在我身旁。

断裂酒吧很大，是一个演艺酒吧。当我和沙可萱像两条漫无目的的沙丁鱼游进去时，海口的夜生活才刚刚被 23 点的钟声撕开一个口儿。

觉得不对头。我和沙可萱在吧台前只喝了一杯酒，便觉得有许多男人盯着我，仿佛我像一块被刚刚装上鱼钩的饵儿。

放眼望去，在一片低迷的音乐里，我看到许多不男不女的人在舞池里。我回头问吧台里的小姐，这是什么酒吧？

那个吧台小姐笑了。她说，你不会不知道吧，这里是第三性酒吧。她的声音很粗。我注意到她有喉结，我几乎把酒都快喷出来了——她是男的。

从断裂酒吧出来后，我几乎要呕吐，怎么会闯入一个同性恋酒吧呢？我正要和一头雾水的沙可萱解释时，我忽然发现了一个熟悉的面孔：冯羽羽。她就在断裂酒吧的橱窗里，橱窗虽然有些破旧了，但仍然能看得十分清晰。她和李玉刚的宣传画在一起。那赫然的大字写着：六宫粉黛，倾城倾国，红顶艺人冯羽羽。

我的脑子霎时一片空白，如日本广岛 1945 年升起蘑菇云的一瞬……

B面：冯羽羽

1

我一直坐在窗子前，看着楼下的那棵桃树。桃花已经开败了，在叶子中间，隐隐约约长出了一些青涩的桃子。

桃树上有两只鸟，刚才它们还交颈鸣叫着，现在，它们飞走了，空了的枝丫上，只有我烦乱的凝视……

莲生在抽烟，一支接着一支。我回头看着他，在光线渐渐暗下来的时候，开始为他整理行李。

莲生这次是决定了的。当他说出那话时，我知道他的心在流泪。他说，他要回台北了，他的家人知道这件事情了。

花开花落，缘来缘去。莲生像一块冰一样，被这个夏季的炎热瞬间蒸发得无影无踪了。我坐在更深的黑暗里，找不到一丝自我存在的证据。我失落，绝望。

我出现在街头时，天已经开始下雨了。华灯初上的长街里没有了莲生的影子，我一下子觉察到了身体里那无以复加的空。生活是什么？食物、酒精和烟吗？我不知道，而谁又能知道呢？

英皇会所里稀稀疏疏的，只有几个人。我坐在一个角落里，喝一种叫做酒精的液体。我知道这种液体会麻醉我，使我暂时忘掉所有的痛苦。我无法改变现实，就让现实磨亮那把无形的刀来改变我吧。

那个男人一进会所，就走来走去在寻找着什么。等看到我一个人长久地坐在那里时，他就像鱼一样游了过来。我们只喝了一杯酒，他便表达了自己的意图。

他说，他要见一些朋友，想找个女孩撑撑场面，酬劳是500元。

我不知道为什么就和他一起走了，甚至连考虑一下都没有。

那个包厢很大，里面已经来了许多人。空调的温度很低，我几乎觉得有点冷。我没有和任何人说话，除了点头微笑外。

没人起来相互介绍，他们只是谈着房价、电影和艳照门。我觉得无聊，就坐在了离空调最远的一角，嗑洽洽瓜子。

那个戴着眼镜长得有点帅的男人是最后来的。他一来大家就开始吃饭了，饭菜倒是很丰盛，但几乎没有人去吃。他们喝酒，大杯大杯地喝，和酒瓶子一样东倒西歪后，就开始唱歌了。杀猪般嚎叫，还以为自己是崔健呢，但他们都很开心，很尽兴。但我为什么高兴不起来呢？放手不也是一种幸福吗？莲生是放手了，我为什么不能？一切不是已经结束了吗？

那个带我来的男人喝醉了。他吐了一地。我没有为他倒水，而是起身走到了门外。外面还在下着雨。那雨很凉，面粉一般洒向我的臂膀。有一刻钟，我想我是清醒的。我能忆起第一次认识莲生的情形。而在另一刻钟，我是模糊的，混浊如浆体……

那个戴眼镜的男人摇摇晃晃出来时带着包。我想他是要走了。我便走了过去。我说，你去哪，有车没，可以带我一程吗？

那个男人看着我，没说话，只是微笑。然后，他就依着门框开始打电话了。他不停地打了几次，似乎没人接。看他的表情，气得几乎想把电话都摔了。

他开始骂一个女人了。那女人似乎叫什么橙子。我没有安慰他，只是看着他。外面的雨几乎不下了。

我说，我开吧，钥匙。

那个男人抬头看着我，仿佛现在才发现我的存在。他一把拽住了我，报复性地让我挽着他走出了英皇会所。

那个男人叫余勉。他的驾驶证就在他的包里，还有他的钱，有一叠之多。他一上车就歪在了座位上。他的车离合器不好，在大石桥等红灯时，车被我弄得熄了两次火。

我对机械向来就不太感兴趣，只是有驾驶证，能开车而已。车在文化路一直低速行驶着，宽阔的街道上几乎没有一个人，我到底要把车开到哪里？

新通桥早过了。到了二七广场，我一掉头又回到了新通桥。望着桥上那两行闪烁的彩灯，我心里一片茫然。想起莲生时，我趴在方向盘上又黯然神伤了起来……

那个叫余勉的男人仍然没有醒。他在座位上有鼾声，偶尔还有“橙子橙子”的叫声。他肯定也是一个失意的人，看他痛苦的样子，眼角还有泪……

我把车停在我的楼下时，保安过来了。保安见我扶着一个喝醉了的男人，就开始帮我忙了。

他的皮肤很细腻。在吊灯的照射下他似乎睁开了眼，但转瞬就又睡过去了。我脱他的鞋、袜子和裤子。我是一个有洁癖的人。我是不允许有人穿着外衣上我的床的。

他的内裤很白，边缘有许多吉祥的花纹。我低头在解高跟鞋的鞋袢时，怎么就摔倒了呢？不偏不倚我的唇怎么就压在了他的内裤边缘了呢？那紫红色的唇膏很醒目，我想用湿毛巾给他擦，但后来还是放弃了……

2

我醒得很早，我有早起的习惯。

其实，我一夜就没怎么睡。我失眠，在沙发上翻来覆去无法入睡。

莲生此刻应该已经到香港了。是的，已经是第二天上午9点了，应该到了。但还是没有电话，是的，还要他回什么电话？

我疑虑，自我否定，然后又疑虑。

那个男人醒来时，我正在阳台上浇花。他看到我后很吃惊。我走进了房间。我说，醒了？昨晚找不到你的家，所以，就……就来我这里了。

他脸红，心慌，目光躲来躲去。他在找他的裤子和衬衣……我一转身走开了。我知道他很尴尬，在穿衣镜里我看到他几乎把裤子都穿反了……

他很急切，准确说是仓皇。他甚至连我为他准备的牛奶都没喝一口就离开了。他开着车像蚂蚱一样离开响水湾时，我的电话才响了起来。我知道，那一定是莲生的。

3

我叫冯羽羽，是的，冯羽羽，这是我的真名，与身份证的一字不差。在酒吧演出的时候，很多人认为这是我的艺名，其实这个名字出自我的父亲，一个私营煤矿主之手。

我父亲说我出生在三月的一个下午，天空飘满了柳絮，状若羽毛，所以，就起了一个很有诗意的名字，叫羽羽。

我开始记事起，就觉得自己是个女孩。等稍大一点看到姐姐的裙子时，觉得它穿到我身上一定也很美丽。再大一点，等明白了男女之别后，我就觉得上天是不是搞错了，我怎么会是一个穿着男人身体的女人？

当我开始有意识地关注一些变性报道的新闻时，我知道了心理学上有一个词叫易性癖。这个词在图书馆的阅览室里一下子楔入我的内心时，我才知道，其实我是一个标准的易性癖患者，且严重到了非治疗不可的地步了。

但我没有去看医生，甚至连我最好的朋友也不知道。我很苦恼和压抑。也就在这时，学校里的惜春话剧社改组了。作为话剧社的元老之一，我被低年级的成员推举成了社长，就在我担当起重任的第 4 天，学校下达了一个任务，排演莎士比亚的《罗密欧与朱丽叶》。

我很兴奋，也很激动，为此，花费了大量的精力。扮演朱丽叶的是一个很瘦弱的低年级女生。在排练的过程她总是生病。我一直很担心。在最关键的时刻，她还是缺席了。

救场如救火。我心急如焚地在后台兜着圈子，望着满礼堂的观众，最终还是略施粉黛后，把自己推向了前台……

在雷鸣般的掌声之后，我是陶醉了？一种虚荣像泡沫一样围绕着我，一切就是这样开始的吗？一切，像导火索？

当我第一次偷偷戴上姐姐晾在铁丝上的红色乳罩时，我有一种强烈的罪恶感，但那种感觉很快就被一种兴奋颠覆了……在长时间的心跳加速中，我分不清是堕落还是满足，但在乳罩带子紧紧的约束中，我像一棵刚破土的禾苗一样感受着阳光沐浴。我甚至迷醉得连姐姐何时推门进来都不知道。姐姐发现了这个秘密后很吃惊……

就在那年暑假，一个偶然的下午，父亲终于发现了我的秘密。他恼羞成怒，扔掉了我屋里所有的女性用品，并一耳光打掉了我头上的假发。

我性格中那种叛逆分子，是在第二天下午才熊熊地燃烧起来的。我悄无声息离开老家鹤岗时，只有家里的花猫知道。我带走了姐姐多年积攒起来的私房钱。

离家出走时的冲动，逐渐被冰冷的生存所桎梏。我南下广州，最后在海南落了脚。那是一个有反串表演而备受争议的酒吧。起初我是做侍者，后来，渐渐地就成了舞台上的表演者，因为那火红的假发，以及性感的演出服对我来说，实在是太具有诱惑力了。

自从4年前我离开鹤岗后，我就再也没有回过家。鹤岗那灰蒙蒙的永远飘着煤灰的天空，是令人窒息的。那散发着恶臭的河流，像城市的疮口一样溃疡着。而在溃疡的边缘，每当我想起父亲那一张因发怒而变得极度扭曲的脸时，我就会像梦魇一样难受。这种情况一直持续到莲生的出现。

4

莲生是台湾人。

莲生有一个漂亮的老婆和4岁的儿子。莲生说他一直都过得很幸福，直到那个晚上遇到我。

那是两年前的一个晚上。地点是三亚一个街道。天下着暴雨。

那个晚上，我赶一个午夜场，一直在路边焦急地等出租车。出租车不知为什么出奇的少。等好不容易来了一辆时，我发现一个男人已经提前拦住了车。

那辆车是在驶出去好远以后又停下了的。我听见一句不太标准的普通话在说，小姐，一起走吧，这个路段很偏僻的。

那个声音就是莲生发出来的。莲生后来对我说，当时他看我连裙子都淋湿了，还以为我是旁边大学里的学生。

那个晚上，莲生是毫无目的的。莲生说他刚完成了一个产品推广计划。那计划书已压着他的头皮 3 天了，他把它改好后觉得自己应该放松放松。于是，他就出来，尽管外面下着暴雨。

莲生和我一起赶到钻石人间时，莲生并不知道我去干什么。等我化了妆，鬓角插了一朵玉兰花，站在小舞台上，恹恹地唱那支邓丽君的《何日君再来》时，莲生才知道我是个红顶艺人。

我从舞台上下来后，莲生请我喝酒。莲生说，太动人，你的歌声。

莲生说这些话时，一直盯着我刚刚隆起一个月的胸部，好像有一丝好奇。

是的，我还是一个男人，但我隆胸了。我知道这是我要变成女人的第一步。外形的改变会在心理上造成更深的身份认定意识。那个心理医生说得一点也不错。那个晚上，我觉得自己就是一个女人了。

后来，我们肯定是喝了许多酒。后来，我们肯定是醉了。我模模糊糊地记得先是跳舞，然后是电梯一个劲儿地升，然后是长长的玻璃走廊，花呀草呀一大片，然后是宽大的浴池，有许多漂浮的泡沫……

5

莲生喜欢我的腰，我的肚脐，以及我的臀。莲生说那弧度很诱人，如大麻掺着蜂蜜。莲生说，你真要是个女人，光一脸的风尘味，就会让男人上瘾的。

莲生说这话时，我很伤心。因为我觉得我还不是一个女人，或者，我永远不会是一个真正的女人。

我的命运注定是坎坷的。

莲生来河南只有半个月，就让我买了一张火车票，从三亚来到了郑州。

当我在一个黄昏拎着皮箱从郑州火车站出来时，我几乎分不出东西南北。对于这个陌生城市，我的第一个感觉就是乱，拥挤的人流、突如其来的车辆，以及不整齐的店铺，让我觉得这是一个毫无秩序的地方。而在后来的接触中，我发现感性和理性有时是截然相反的，就像莲生对我的感情。

莲生把我安顿在了一个叫响水湾的社区。那社区才刚刚建成，在一条河流的旁边，背对着人民公园，一半以下的入住率，使整个社区看起来荒凉至极。

莲生只住了一个晚上就消失了。那个晚上我很累。莲生却像一块口香糖一样黏着我，直至让我用舌尖满足了他所有的要求。

郑州的夜晚，相对于三亚来说是干燥的。在莲生回台湾的头一个月里，我有点水土不服，再加上服用雌性激素的缘故，身体出现了很多状况。头晕、恶心和腹胀经常会毫无征兆地来临。等渐渐适应了，才发现郑州的气候其实很适合我生活，少了南方的闷热，和北方的酷冷。

莲生从台湾回来后，一直很忙。我发现他在性情上改变了一点。以前总是喜欢我穿着低腰裤和他一起在大街上闲逛，而这次回来后，他却很少和我在一起。他说，总公司给他派来了一个秘书，那秘书是他妻子的亲戚。

我自始至终没见过那个秘书。我宁愿相信莲生没有对我撒谎。

6

莲生是一个非常成熟的男人。他优雅而睿智，前卫而又不落拓。在他海洋一般的目光里，我相信会有许多女人溺毙。

莲生喜欢传统文化，对河南的古迹可谓是了如指掌。什么殷墟、少林寺和龙门石窟，他都如数家珍。他陪我去买内衣时，也总挑一些肚兜儿、抹胸之类的东西。他说传统的东西是最美的。也正是如此，和他在一起的时候，我总是穿唐装、旗袍之类的衣服，虽然一开始我并不是特别喜欢。

莲生走后我是孤单的，特别是看到衣橱里那些他给我买的旗袍时，我更是觉得整个郑州仿佛只剩下我一个人。在很长的一段时间内，我除了通过 MSN 和这个世界发生一点关系外，几乎是与世隔绝的，形同阳台上那盆越来越发白的水仙。

把抽屉里的第四盒爱喜烟抽完后的那个下午，我忽然发现自己是那么的憔悴，在镜子里恍如一个弃妇。

我在浴缸里泡了整整一个下午。我开始洗澡时，就觉得再也不能这样下去了，让玫瑰浴液浸泡我身上的每一个细胞吧！我知道凤凰是涅槃后才重生的，而我又该怎么重生呢？像蝶一样蜕变吗？像蛇一样蜕皮吗？

7

我又开始演出了。没人知道我真实的身份，大家只知道，我叫冯羽羽，一个来自海南的女孩，除了琪琪之外。

琪琪是一个酒吧歌手。她最初并不是。她在哈尔滨老家的时候还是一个护士。后来，一切都面目全非了。她说她以前太单纯太傻了，竟梦想自己能成为一个像瞿颖一样的名模。

我和琪琪是在一个叫花酷的网站认识的。琪琪那时在网上很火，留长发，穿着缀满小亮片的背心和浅黄色的低腰裤，那腰身几乎一下子就迷倒了我。我们通过 MSN 聊天时，才知道她也在郑州。

第一次和琪琪去火豹夜总会演出时，我只是伴舞，穿露腿的长袍和渔网袜，在琪琪的后面和一个男人热情地跳桑巴舞。等第二次，我便开唱了，是邓丽君的《我只在乎你》，一曲就让所有的掌声响爆了现场。

我知道那晚我是美艳的。从幕后走出来时，我甚至听到了自己的心跳。我抑制着自己动荡的心。我知道如果唱砸了，就意味着一切的结束。我极力保持着平静。我的动作很舒缓，很轻盈。我能看到我修长的大腿时隐时现地在旗袍开叉处闪动着，还有我半裸的双乳，弯腰时被灯光渲染后所呈现出的性感的弧度。歌曲过度缠绵和哀怨，我甚至给我的某些姿势，有意地增加了几分悲剧的气息。

我是在听到掌声后才走下舞台的。我想我的表演应该是完美的。琪琪就坐在舞台的下面。琪琪在鼓掌。我转身时看到她在向我打出OK的手势。那手势是令我感动的，这表示我的表演没有丝毫的差错，一切像预料的那样完美。

8

火豹夜总会就在新通桥的下面。它灯火辉煌的外表，几乎让人很轻易地就能触摸到欲望的形状。

虽然已经是秋天了，但天气依然很热。在霓虹的闪烁中，我仍能看到一些裙子和旗袍在陆续地游进夜总会狭窄的入口。

琪琪仍然没有来，已经是22点了。正当我在门口焦急地等待时，一个戴墨镜的男人走了过来。

你是羽羽吗？琪琪今晚来不了了。

那个男人是东北的口音。我看着他说，怎么了，她，生病了？

那个男人又说，是出了点意外，她今天下午误服了安定，现在还昏睡着，在医院呢。

我有些急了。我不认识这个戴墨镜的男人。但我有一种预感，这件事肯定和他有一定的关系。我说，你是琪琪的什么人？

我是她的男朋友。他的话音刚落，我的电话响了。是那个叫余勉的男人的来电。我没接。

我和那个戴眼镜的男人匆忙地赶到第五人民医院时，琪琪仍然睡着。医生从急诊室出来后说，没有生命危险，但要住院治疗。

琪琪显然是想自杀的。但那个戴墨镜的男人自始至终没有说出原因。

大约是琪琪出院后的第三天，我才想起那晚余勉的电话。我打过去后，他说没什么事，只是想见见我。他记不清那晚都做过什么了。如果真做了什么，他表示道歉。

我在电话里笑了起来。我说，还来我家吧，今晚。我知道我的笑声很暧昧，如布满了鱼饵的钩。

9

低旋的音乐，沙哑忧郁，混杂着金属质地，像大麻一样使人迷茫沉醉。

我坐在摇曳的烛光下。我故作平静掩饰某种兴奋，胸前半裸的双乳不安地跳动着。我在等待着，等待着谁的到来？

整个房间里弥漫着一种生命不可承受的轻。那轻如落在我裸肩的一层光晕。它均匀地涂抹，仿佛如婴儿花朵般唇的吸吮……

余勉来的时候，带来了一束娇艳欲滴的玫瑰。那芬芳的花香，几乎一下子就让我醉了。我们几乎不说话，只是小口地吃沙拉和松子，喝意大利红酒。

午夜12点的时候，我们跳舞。开始我们离得很远，只是挽着手，后来，一切都变得暧昧起来了。我能感觉到他的手在我裸背上不停地摩挲……

没想去世界3酒吧，但还是去了。余勉把车开得摇摇晃晃的，在纬一路浓密的法国梧桐叶子的掩映下，一切怎么就变得如梦一样？

我们喝加冰的威士忌，在吧台前聊天。等演出开始的时候，我怎么就看到了琪琪？

琪琪说，我正想给你打电话呢，第三个节目你演吧，吴燕到现在还没来，真是急死人了。

化妆间乱糟糟的。靠墙摆放着长长的沙发和化妆台，几张无背的钢管皮椅，不知被谁一起推到了墙角，使几个化妆台显得空落落的。有两个演员弯着身正对着镜子在画唇线。各种颜色的假发，摊了一桌。琪琪拉过来一个凳子对我说，赶快化妆吧，时间快来不及了。

在镜子里，我发现琪琪的妆化得很浓，近乎是一种夸张。几根带子稀疏地缠着她的脖颈，让她开叉的黑裙子，像闪光的旗帜一样挽在她修长的大腿上。

我是动人的。那琥珀一样的眼睛，那长长的湿润的睫毛，那银黛的眼影，那骨感中的妖冶和魅惑……或许，我太自恋了。但我知道，镜中的那个幻影是另一个我了，一个火辣的、充满风情的我。

更衣室很小，推开磨砂的玻璃门后有一种别有洞天的感觉。厚厚的地毯，软软的，我一进去就脱掉了鞋子。由于要穿那件薄如蝉翼无肩带的红色晚装，我索性解下了背带式蕾丝乳罩，只留下了里面肉色的隐形文胸。晚装还算合身，只是感到胸部紧紧，像被什么约束住似的，让人一阵阵地心慌。

从更衣室出来后，我的脸很红，但厚厚的脂粉会遮住一切的。我表面上看起来还是那么的平静，平静得就像一切本来就应该如此。琪琪从镜子里见我出来后，回头不住地上下打量着我。琪琪说，外面的西装要在舞蹈高潮时迅速地脱，像昙花一现，那样才会有惊艳的效果。

10

在许多次的回忆中，我总是记起余勉解开我旗袍扣子后的那一瞬。那个夜晚，我真的是醉了。那个夜晚，我虚荣得像花一样盛开着。如果没有拒绝，没有蓝色的灯光在酒杯里打捞出最后的理智，那个夜晚将会变成什么样的颜色？

我们离开世界3酒吧时已经是凌晨4点了。我没让余勉送我上楼。我说，车到小区门口就可以了。我没想和他吻别，但他还是吻了我的脸颊和脖颈。我忽然想起了莲生。莲生不也是这样吻我的吗？

我想哭，泪就流了出来。其实，在酒吧里我就哭过。余勉当时抱着我。余勉说怎么了羽羽。

整个冬天是恍惚的。阴冷的天，低垂的云朵，我像忧郁的花瓣一样，开放在午夜的酒吧。我适合于这种阴暗的生活。我像朽木上生出的那种美丽的菌一样，见不得阳光。

我是在11月中旬打算回海南的。一方面，由于大量的雌性激素的作用，我的身体已发生了微妙的变化，譬如，我的皮肤已变得像丝绸一样细腻光滑了，还有我的体力，明显下降了许多，只在舞台上旋转了那么几圈，就感到了虚脱般的晕眩；而更重要的一方面是那个出访欧洲的医生终于回来了。他是我的主刀医生。

手术安排得很缜密。检查，等待，再检查。等彻底办完所有的签字手续后，我躺在床上茫然地看着垂泪的母亲。我说，祝福我吧。我如愿以偿，没有什么悲伤的。

手术很短，只持续了几个小时。当我再次苏醒过来时，一切都是静悄悄的，宛如点滴无声地流入静脉，宛如落叶飘归树根。这世界原本应该是这样的，是的，应该是这样的……

11

我没有胖，也没有瘦，整个人几乎和手术前一模一样，但我知道，不同的是我的身体，和我的感觉。我再也不需要掩饰什么了，因为连我的身份证上的性别也改成了女。

我在家里只住了几天。父亲虽然被迫接受了这个事实，但他阴冷的目光像一条鞭子一样，总让我觉得难受。

我是在春节前夕离开家的。我知道鹤岗的家已不是我的家了。我到达郑州的那个晚上，天飘着小雪，到处是一派过年的气氛。而我一个人，在缺少暖气的房间里倍感孤独。

一连几天，雪都下个不停。和一些酒吧联系后，我又开始演出了。

日子出奇地平淡，一晃就过了春节，其间，我除了接触些酒吧里的人外，没有和任何人联系。其实，在郑州我的朋友并不多。

刘家卫心理诊所就在沿河路的尽头。在一个春光灿烂的日子里，我没费一点儿工夫就找到了它。接待我的是刘家卫本人。我在电视里看过他做的广告。他本人比电视里更清瘦，一身雪白的大褂透露着职业医师的冷峻和沉着。

我来这里是因为我一直很困惑。自从做过手术后，我一直失眠，精神上患得患失，恍恍惚惚，对什么都提不起兴趣。

刘家卫的治疗很独特，类似于催眠。

他让我躺在一张很白很白的床上。那床散发着一种淡淡的沁人心脾的草药香味。我一躺下来，就觉得一切都是洁白的。那墙壁，那天花板，像被雪特意擦过似的。我一闭眼就觉得恍恍惚惚地，如回到了以前，回到了莲生的怀抱……

12

我是在第四次去刘家卫那里时才见到余勉的。

余勉看上去有点憔悴，戴着眼镜，头发凌乱得如一丛水草。

余勉看到我后很高兴。我们绕了很大的圈子才来到时光村落·1895。那是一个很让我留恋的地方，因为以前，莲生在郑州的时候，我们经常去那里。

我吃得很少，一滴酒也不喝。我知道手术后是需要忌酒的。余勉喝得似乎多了一点。当我问起谁是橙子时，他忽然变得很兴奋。他说你怎么知道这个名字的。然后，顿了一下接着说，我们分手了，以前的女朋友。

我没有再接着问下去。看余勉那苍凉的眼神，很痛苦的样子，我忽然想起了莲生。

电影是很老的片子，《廊桥遗梦》，让我看得满心伤悲。我忽然觉得人情是那么易衰，就像白驹过隙的时光，是那么的易逝。

华灯初上的郑州宛若迷宫。我们走累了，疲倦了，就在一条小河旁坐了下来。

那河堤上有很多亲热的情侣。我们在长凳上坐下后，余勉怎么就一把抱住了我，开始亲吻了呢？

我毫无准备，只能默默地顺从着，承受着，任他的舌尖一点点地下滑到我的下巴和脖子。也许在内心我也是渴求的，是的，我渴求。我不是完全是女人了吗？我为什么不能渴求呢？哦，我渴求……

从河堤回到车子里后，我主动地吻了余勉的脸。他的脸很凉。车子开得很缓慢。等到新通桥时，他突然靠着桥墩停了下来，侧身紧紧地抱住了我。

不时地有过路的车灯射过来，但他一直搂着我。他的手指很粗糙，在我红色的毛衣里不停地抚摸着，我闭着眼睛，与其说是幸福，倒不如说是陶醉。

余勉的嘴唇很薄，像一片香椿叶，在我脸上移动着，痒痒的，热热的，让我心动。我丝帛一样瘫在他怀里，仰着脸，乖巧地迎合着他，仿佛是在接受一场春雨的滋润……

13

雨水像一朵一朵紫色的牵牛花一样砸在空调上。它们并没有为我所见，颜色是我在寂寞中听出来的。颜色是有生命的，至少它活在我的感觉中。

我躺在床上，毫无倦意，静静地听着雨声，好久没有听到这么静的雨声了，像下在心里。

我潮湿着，想着这四月的第一场雨，该不会也下到台北吧。当我想到莲生时，我又想到了余勉，想到了新通桥的那个夜晚。那个夜晚，一切都是失控的，我胸前的最后一粒扣子、他放在我丝袜蕾丝边缘的手，以及那不停射过来的车灯……

我拨通了电话。彩铃是张韶涵的歌，接着是余勉声调中性的你好。我不知道要说些什么，只一会就挂断了。

我拉开了窗帘，雨水还在滴着，雨水失去了颜色，变得苍白苍白的，像我的心。

我是在黄昏时分才撑着伞走上林荫小道的。树叶遮蔽了一部分雨水，使打在伞上的声音变小了一点。我不知道要去哪里，而又能去哪里，漫天的雨水中，我是那丁香一般的姑娘吗？幽怨惆怅的黄昏呀，幽怨惆怅的一颗心，我又能向谁去依偎？

附件：橙子的日记

9 月 25 日　晴

结束了，是的，一切都结束了。不能再继续了，不能。我是含着泪在收拾着一切。这小屋里的一切，是多么的熟稔！这干净的茶杯，这洁白的窗帘，这朴素的椅子，这一切，是的，这一切，我都要告别了。也许是永别，是的，想到这里，我禁不住泪流满面。还有我的余勉，你可知道我的良苦用心，你可知道，我的发尖都流出了泪？但愿你的未来，你的一切，都是美好的！

我走了，是的，走了。一切都收拾得很干净。那些被褥，那些床单，还有那几条裤子，都熨好了，叠整齐了，还有那些袜子，都洗好放到了该放的地方。是的，近两个月来，我们不停地在争吵。我只能这样做，真的，我知道你离不开我。

离开我，你会疼得像断掉胳膊一样，但必须这样做，我不能让你看着我离去。那时，我会像一朵枯萎的花，再也没有水分和颜色。那对你来说是残酷的，不人道的。也许，以这种方式结束是最好的，我只能这样想，这样想。命运呀，真是个无情的刺客！它会毫不留情地把我带走，带走！

我走了，真的希望你不要伤悲，希望我在你心里是个过去式。唯有这样，你才能更好地生活。是的，生活，我是多么渴望和你平静地走完一生呀，但现在看来，这是一种奢望，犹如痴人说梦。

我又出汗了，轻微地动一下，就又出汗了。医生也来过了，还有妈妈。妈妈也是医生，她对我的病情更绝望。是的，我也是医生，我很清楚这一点。平静地对待这一切吧，这一切很快就会过去，是的，很快。

9月27日 晴

疲惫。恍惚。近乎虚脱。

黑暗很浓，像一大滴墨汁一样滴到了我眼里。

嘴唇干裂。喉咙肿痛。整个身体好像飘在雾里，但又不是。我能感觉到妈妈的手，很热，在紧紧地握着我。仿佛有人在喊我的名字，是的，是有人在喊。那声音不是很大，却让我睁开了眼睛。

是不是梦魇？我无力地抬起了眼皮。我望着井口一般大的光亮，那就是外面的世界吗？是妈妈在喊我，我的头就在妈妈的臂弯里。我闻到了满屋的酒精味儿。

你终于醒过来了。是妈妈的声音，如无线电波，忽远忽近。

是的，昏迷，我知道。

我又看到倒挂的输液瓶了。那些药液，一滴一滴在滴，像是沙漏，代表着我的生命，还残留几分之几？

氧气瓶推走了，整个房间里到处都是一片白。白的墙壁，白的被单，白的窗帘，还有医生、护士的白。

妈妈眼角含着泪水，她的头发也有一缕发白了。是的，白色，死亡。我没有恐惧的，没有，一切会如期而至的。我又看到余勉了。他穿着白衬衣，浑身像发着光，傻傻地站在新通桥的下面。他说，他要献血，他要让病人更好地活着……多么可爱的小弟弟呀，是呀，我就是这样想的，在当时，他透明的目光是多么的清澈……

9月30日 阴

三天没写日记了。

身子依然很虚弱，像被什么掏空了一样，没有一点精气神儿。

上午，所里的领导来了，带来了很多同事的慰问，还提到了余勉，说他去所里找过我好几次，门卫都按领导安排那样说我辞职了。

心里是一阵阵的酸痛，但强忍着，没流露出一点。妈妈知道我的内心，她不住地为我削香梨，一瓣一瓣地喂我。

是深夜了，仍然无法入睡。孤寂如蚂蟥一样无声潜入血液。它传染我，颠覆我，几次让我产生打电话的冲动，但理智告诉我不能，又何苦这样呢？剪不断，理还乱，还不如，还不如这样人间蒸发的好。乱麻，更需快刀斩。

不想，不想这一切了。这个世界，还会属于我吗？不会了。我已经接受了这个现实，接受了那次意外的事故，接受了那个打破的试剂瓶，接受了那些人工培养的病菌……也许这就是命运，一种挡不住的、不可回避的命运。

我被隔离前，还感到很侥幸，感觉自己不会被感染。我被隔离后，一切都如期而至了，呕吐，虚脱，恍惚……我知道我在劫难逃了。我想到了余勉，想到了他消瘦英俊的脸……他是不幸的，有幸遇到我，但还是不幸的。我知道那结果迟早会降临他头上的。他会痛苦得发疯。是的，发疯，为什么不幸会再一次降临他头上呢？他本来应该有个完美的爱情。是的，我已做不到了。他的童年是那么的凄惨，被遗弃，孤儿院……我难以想象，那个孤儿院我不是去过吗？向阳坡，那些耀眼的向日葵，我曾有的心跳和迷乱……如今，都要化为记忆了，记忆，这甜蜜而又痛苦的结晶。

10 月 3 日 晴

能起身了。主治医生说我有些好转了，但我知道，这是些安慰的话。我清楚我的病情。妈妈回南阳了。听说姥姥也病了，舅舅很着急，正把姥姥转到妈妈所在的医院。

房间里一下子空了许多，没有妈妈的陪伴，似乎少了些什么。那个漂亮的实习护士看到我说，橙子姐，没有点滴，今天可以到院子里走走。

不知为什么，想走出门去，却感到了一阵阵的心慌，呼吸也随即急促了起来，只好斜靠在床上，读梭罗的《瓦尔登湖》。这是第二次读这本书了。书里所描绘的田园生活，几乎快成了我的向往。想想这么些年，除了读那些枯燥的专业书，我还读过什么？没有，几乎什么也没有。为了学业，为了研究，我付出的东西太多太多了。

在这方面，我喜欢余勉，喜欢他的洒脱，喜欢他的玩世不恭，喜欢他在所谓正统面孔下的戏谑和反讽。我觉得那很真实，很本真，有多少人能真性情地为自己活着呢？

下午的时候，想吃水果，一个梨子削了半天，吃下后又有些反胃，就着痰盂吐，强烈地呕吐，但又能吐出些什么呢？胃里空空如也。

昏昏沉沉的，不到傍晚，就想瞌睡。睁不开眼，俩眼皮儿沉得如磨盘，我用力眨呀眨，怎么一点儿力气也没有了？

头重脚轻。是的，晕眩。晕，像喝醉一样……感觉很糟，很糟……几乎，几乎握不住笔。

白色影子来了。那些白色的恐惧。它蔓延。它炸裂。它像汁液一样，渐渐地注满了我肉体的杯盏……

10月9日　风

很糟的一天，几乎连眼也不想睁，躺在床上，一动也不想动，我是墙上的那只壁虎吗？

太阳光透过镂空的窗帘，射在了床单上。起初是在我的枕头边，后来是我的腰间，再后来，一切都变模糊了，连影子也没有了。我睁着眼睛，那阴影中的阴影，我能看到什么？

主治大夫来了。白白的脸，白白的慈祥，在梦中形同观世音菩萨，但我不是在梦中。我抓着她的手。我想哭，但哭不出来。我忽然觉得自己是这么的脆弱，我以前从来就没有这样轻易地流过泪的，但现在怎么了，竟如此的易于伤感？

不知何时，我在汗水中醒了过来。虚汗，又是一身的虚汗。那个实习的护士还在我身边。她关切地看着我，两只眼睛在蓝色的口罩上面虎灵灵地闪动着……

窗外的风已经停了。透过闪烁的霓虹灯，我能看到白昼里那些被风扭曲的小树，如今静静地挺立着，像哨兵一样严肃。一切都显得出奇的静，静得让人感到了一丝狰狞。

被小护士扶着去吃晚饭。小食堂里空荡荡的，像遭了抢劫似的。没胃口，只吃了面汤和煎蛋。出门后想活动一下，就离开了小护士的监护，来到了花园。花园里有稀疏的长凳和健身器材。人影恍恍惚惚的，怎么走着走着腿就发软了呢？

被人扶着，回到了病房。喝下一杯水后，才感觉缓过了神儿。小护士很慌张，进门后就让我躺了下来。我知道这不是她的错。也许，我本来就不该独自行动。

10 月 14 日　晴

醒来屋内一片漆黑。窗外有极淡的月亮。天空像一幅装饰画，灵动而又饱满。身体觉得好多了，站在窗前，和妈妈聊天。

妈妈显然苍老许多。为了我，她在家没呆几天就又来郑州了。姥姥的病情依然没有减轻，听妈妈的口气似乎又加重了。起初是上吐下泻，现在怕是不能进食了。妈妈看起来很憔悴，但她在我面前总是极力地掩饰着。医院里的王院长来过好几次了。听妈妈说是她的同学。她和蔼可亲的样子，让我对治疗充满了信心。

卫生间里很黑。打开灯后，发现毛巾叠得整整齐齐的，淋浴已经修好了，虽然地方狭窄，但还是能凑合着洗澡。我脱完衣服后，妈妈进来了。她满脸的疑惑，不住问我你自己能行吗。

打开花洒，热气一会便蒸腾了起来。好久没洗澡了，身子在淋浴中乏乏的，像泥遇到水一般。妈妈退出去后，似乎一直就站在门口。我知道妈妈怕我出什么意外，毕竟身子太虚了。洗完澡后，心情舒服极了，整个人飘飘的，躺在床上，像浮在云端。

妈妈就躺在床边。她近距离地看着我，目光极尽温柔，几乎让我想起了童年。我的童年是幸福的。每个夜晚，妈妈总会抱着我给我讲故事。什么“白雪公主”，“三打白骨精”，妈妈的故事素来就很多。

如今，妈妈就在我身边，我乖巧地依偎着她。我是多么想再回到童年，听妈妈讲那些老掉牙的故事呀！

10 月 24 日　大风

没有成熟的治疗方案，我知道的，没有。北京的专家也许已经走了。内心已经有一千次的绝望了。我知道，妈妈是在安慰我。马书记又来了，带来了同事们的问候，我的心里暖暖的，但转瞬怎么就又变凉了呢？

妈妈带来了一个高个子的男人，我一眼就猜出了他是谁。

那个男人一进房间就握住了我的手。我很不习惯他的这种热切，像演戏，尽管我近距离看到了他抽搐的脸，和眼角的泪。

妈妈哭了。那个男人也哭了。他的泪流在了我的手背上，开始很热，后来就变凉了。我知道，这个男人肯定是我爸爸，就是这个男人，在我 5 岁时就离开了我们。我痛恨，但看着他鬓角上的白发，我又能痛恨些什么呢？连妈妈都原谅了他，我还有什么要说的呢？

情绪在极度波动后，整个身子显得很无力，像膨化的棉花糖，突然遇到了风，我兀自又出了一身的虚汗。

父亲带来了奶白色的康乃馨。这一定是妈妈告诉他的。现在，那些花就插在花瓶里，它们散发着清新的香，几乎又让我回到了我和余勉相伴的小屋……

是的，我喜欢花花草草。那些留在小屋里的花，现在是否已经枯萎了？余勉不会记得的，不会记得去浇的，花是需要呵护的，像女人。

11 月 1 日　晴

从来就没问过爸爸的事情，今天还是忍不住问了。在我的记忆中，他除了酗酒，就是发酒疯拼命地摔东西。

妈妈的声音很低。妈妈说你相信命吗，每个人都逃不脱，尤其是女人。妈妈的神态很凄然，说完后，转身就去了卫生间。

我知道，卫生间里的毛巾是湿的。它上面肯定有妈妈的泪。妈妈从来就不让我看到她的泪。

爸爸又来了，跟了个女人，拎了许多礼物。那女人很有风韵，皮肤白白的。我没有叫她阿姨。我自始至终没说一句话。

妈妈很和善，也很客气，给她倒茶，说了许多不搭边的话。

我想睡觉。是的，睡觉，睡下了，也许就梦到了余勉。

我已经有好几天没做梦了，总是疼痛，在后半夜，总是想着想着，就陷入了一片模糊……仿佛又回到从前，我穿着白大褂，站在新通桥下面宣传义务献血……那个上午是明媚的，有洒水车刚刚驶过，还有辅导员也站在身后，还有余勉，像个配角，穿过马路向我走来……一切回忆起来都是美好的，如电影，我是那么认真地拿出棉签，为余勉消毒，然后，抽血……

那个女人终于走了。爸爸留了下来。妈妈似乎有些心不在焉，连递过来的茶都弄洒了。医生又来了，说是查房，其实，问了几句话就走了。

我一直躺着，就这样躺着，一直到黄昏，听阿杜沙哑的歌喉。蓝色的 MP3，爱国者，循环播放 11 遍。

11 月 5 日　晴

今天醒得很早，透过窗户，能看到阳光是一点一点爬上窗台的。10 点的时候，瑞红表姐来了，胖得几乎认不出来了。她妆画得很浓。满身的香水味，顿时弥漫了整个病房。

瑞红表姐是一个演员，最初在剧团里演白素贞，后来，就嫁给了一个台湾商人，养尊处优了起来，再后来就离婚了，因为表姐夫有了外遇。

表姐其实和我住在同一条路上，离得不算很远。她喜欢宠物，养了一条京巴。我和余勉去了她家一次就再不去了。我讨厌养宠物，看到它们在沙发上跳来跳去，总有一种不洁的感觉。

表姐想重新回到舞台上时，发现一切都变了，不合时宜了。尽管她的梅花奖状，还完好地悬挂在她的客厅里。

一切都在变，是的。变，不是变好，就是变坏，就像我的病情，到底是在变坏还是变好？妈妈从不正面告诉我什么，还有那个葛医生。也许，真的是在恶化，我能感觉到，是的，是的。妈妈不是背着我和葛医生在嘀咕吗？还有爸爸，总是说些宽心的话——气喘，是的，我又气喘了，上气不接下气……呼吸机，我怎么又用上了呼吸机？这讨厌的机械。整个下午，我都难受极了，喉咙里像有一片树叶……

现在，终于平静了下来，心率也恢复了正常。夜色也弥漫了上来。夜色中我又看到余勉了。他抱着我，在艺术中心的台阶上，我像一只蜕皮的蝉一样依附着他……

11 月 6 日 晴

人生无常。今天，姥姥去世了。舅舅在电话里泣不成声。妈妈又回南阳了。偌大的病房里，我又和孤寂做伴了。

一直沉浸在一种秘密的悲伤中，眼泪流了擦，擦了又流。再也不能和姥姥一起看白河岸边的梨花了，死，是多么残酷的一个词呀！也许，在不久的将来，我也会这样的，有什么办法呢？

下午，爸爸来了，和那个女人。爸爸见我情绪低落，不住地安慰着我。不到两个小时，他就被一个电话喊走了。听妈妈说，爸爸是个文化馆的馆长，搞书法的。

那个女人留下来了。是的，说是照顾我，其实，整个下午我们就说过四句话。我对她有一种天然的敌意，也许，正是因为她，爸爸才离开我们的。

吃完饭后，情绪才终于平静了下来。下床去小餐厅，出门碰到爸爸，他提来了一台薄薄的笔记本电脑。终于可以上网了，我的心情舒服极了。

爸爸的那个女人姓沈，看面相应该是个和善的人。她临走时又为我买许多水果。我是在无意间说想吃水果的。我礼貌地和她告别，第一次喊出了沈阿姨，爸爸听到后似乎很高兴，脸上洋溢出欣慰的笑容。

天说黑就黑了。爸爸送沈阿姨去了，好久没有回来。我一直在摆弄着电脑，却怎么也登陆不了网络。又想起了余勉，若是他在身旁，这些技术问题，他早就搞定了。

爸爸回来的时候，已经是晚上 10 点半了，我烦躁至极，想对一切发火……

11 月 13 日　雨

一连几天都没有动笔，很迟钝，很散漫，觉得生命像一把流沙，无论怎么握，它都会在指缝中流逝。

午后，天又下雨了，淅淅沥沥的，像下在心里。潮湿的天气容易让人伤感，在网上四处溜达，忽然就在一个博客里读到了一首诗：

今天，只有今天
我是如此美丽
明天，啊明天
一切都将过去
只在这一时刻

你属于我

死亡，啊死亡

我将独自，独自离去

内心有一种说不出的孤独，也许，唯有诗人才能说出。这首小诗，多像是写给我内心的呀，是呀，“死亡，啊死亡，我将独自，独自离去。”

我原本是不喜欢诗歌的，若不是余勉。

刚和余勉认识的时候，就知道他喜欢读书。和他第一次逛街，去的就是书店。我记得我们搬过三次家。每次搬家最头疼的就是那些书，而那些书多半都是诗集，什么泰戈尔、里尔克和艾略特等。余勉视它们为家珍。我记得有一年过生日，他喝完了几瓶啤酒后，还为我写了一首诗，是的，很朦胧。我们研究所的小张还看过，说写得不错，有点知识分了的味儿。我不知道什么是知识分子、口语和下半身——对，又要过生日了，生日，这个生日该怎么过？记得去年的生日是在鲁山下汤的温泉度假村过的，那里的温泉舒服极了。外面飘着雪，而温泉内却热乎乎的，整个身子，像被无数只小手在按摩……哦，还有，还有那披着白雪的大佛，身子庞大得像一座小山……

11 月 15 日　雨

外面潮湿一片，地上的积水，已快淹没小路了。透过窗户，我能看到街道两旁的光秃的悬铃木，在风中晃动着干枯的枝丫。

雨已经持续两天了。两天了都毫无停止的迹象，如果天气不冷，真的让人怀疑是在雨季。妈妈仍然没回来，电话里说好了是在昨天，我有些担心，但一直也没再打电话问。

“冰马王子”的QQ好不容易亮了一下又灰了。很郁闷，好想找人聊天，离开了余勉，离开了原来的生活圈子，我忽然觉得没有一个朋友。

傍晚时分，“冰马王子”终于上线了。他用的是繁体字，速度很快。我们相互寒暄后，才知道他已经回台湾了。台湾那里几乎不用QQ，只用雅虎即时通，所以他很少上线。

或许，每个人都需要倾诉。我不知道为什么和他谈那么多，几乎是一口气地在键盘上敲，其实，我们并不是特别熟，但有些话，真的不宜说给熟人。

妈妈回来了，衣服淋得半湿，眼红红的，像个桃子。我知道她哭过。姥姥已经走了这么多天了，她怎么还在哭？

晚上，吃西红柿炒鸡蛋，和爸爸妈妈一起，一家三口，忽然有一种幸福的感觉。

睡觉前又上了一会网，看酷6网的山寨新闻，觉得比央视和立波秀还好，很兴奋，怎么也睡不着。

今天，今天终于知道“冰马王子”的真名了，好土呀，怎么叫陈莲生？说是他父亲起的，源自他的生日农历六月十九——观音菩萨的成道日。

不想这个世界，不想病，不想余勉，什么都不想，只想好好地活着，哪怕是得过且过，变成一只寒号鸟，是的，除了这样，我还能够怎样？

11月17日 晴

每个人都有每个人的痛苦。

每个人都有每个人的甲胄。

每个人都活在自己的世界里。

每个人是蚕时，想自己是飞蛾；是飞蛾时，又想自己是蚕。

不知“冰马王子”为什么说这番话，或许，他的故事就在这句话的背后。大清早，打开QQ就看到了他的这句留言。

昨夜睡得很早，也很好，无梦无思，几乎是一觉就睡到了天亮。

上午是一个漫长的等待，去做磁共振。长长的走廊里充满了嘈杂的喧闹声。下午是打针，三瓶水滴得手臂发麻，终于要滴完时，却又跑了针，不得不重新再输。

天彻底放晴了，有云朵像棉花团一样飘着，显得蔚蓝而又高远。

很想去外面走走，但觉得头晕乎乎的，脚下发软。在走廊里站了一会后，又感觉双腿像灌了铅，一步都挪不动。

看到了窗外的飞鸟。鸟，我是多么渴望变成一只鸟呀，哪怕只是一只小麻雀，哪怕只在楼下的小院里飞！但我不能，不能。我只能就这样被肉体囚着，被疾病缠着，被时间分切着……情绪是个什么样的东西？忽然连我自己也说不清了。

心情糟糕极了。开始是沮丧，后来是绝望，再后来如絮状的颓废就彻底控制了我。它几乎把我打倒了，揉碎了，装进这如玻璃瓶一般透明的日子里。

晚饭时，我没有一点胃口，去了那层厚厚的奶油，只吃了一点蛋糕。

妈妈皱着眉头，说怎么吃这么一点，像只猫。

11 月 20 日 晴

什么也没写，不知要写些什么，一整天都很烦躁，生活好像成了一部悲情的影片，在无望中等待着结束。

卫生巾用完了。身子一直不净，不知为什么，都 5 天了，按理说不应该这样了。葛医生来过又走了。我一直没好意思问。

妈妈去科研所了，说什么钱的事情。上了一会网，就感觉很累，身子乏得就像刚从河里捞出来一样。

没遇到“冰马王子”，下载了雅虎即时通，仍然没找到他的人影儿。累，怎么会如此这般的累？

晚上，就着微弱的壁灯失眠，关了灯，仍然。

想一些往事，左脸贴着枕头，在一缕黏稠的思绪中游……找不到方向，新通桥，找不到家，白河岸边……妈妈孤单的身影，还有姥姥，头发花白……

是梦境，但我醒了，脑袋里像飞进了小蠓虫。它展翅，它发声……折磨，折和磨，这两台血液中的搅拌机，这白色药片，利眠宁，我不止一次把你们吞下，而你们又不止一次地在我体内失效，你们难道也厌倦了这里的一切吗？这病房，这病床，这暗淡的壁灯，这窗外惨白惨白的月光？

是午夜了，醒依然攥着我的神经。我挣扎。我是那大头针下美丽的蝴蝶标本吗？是谁的手在残酷地制作？

我的泪，不知何时流了出来。这咸涩的液体，此刻，唯有你和我相依。

11 月 25 日 阴

我不是不想让自己坚强一些，可事实上，我真的做不到。

今天，当着妈妈的面，我又哭了。妈妈看着我也哭了，抱着我，不住地安慰着我。

哭，是一种释放吗？像池塘里暴雨下的荷叶，我已经受不了这种折磨了。这压抑的充满消毒气味儿的病房，我想回南阳，南阳我的老家，回到白河岸边，看来年那粉白粉白的梨花，那堤上飘起的风筝……

我想逃离，逃得远远的，独自死在一个没人知晓的地方！

下午的时候，心绪平静了许多。爸爸来了，带来了许多碟子，虽然多是些盗版，但有些文艺片还是值得一看的。

患得患失，没一个定性儿。人在生病的时候，可能都是这样的。黄昏来临时，我又为片子里的一个女主角莫名地感伤流泪，甚至惊动了妈妈。

又好几天没写日记了，笔似乎有点提不起来。老是绝望，想着死亡的临近，那种恐惧是有阴影的，带着白色的尾巴，斜长斜长的……

又想余勉了，他的影子，总在我的眼前晃悠来晃悠去，闭上眼睛似乎看得更清。一些景物在眼前转换着，十字架、乡村教堂以及绿油油的麦苗……那是我们的第一次，是的，骑着单车，在小树林里，还有，还有他打开我花园后的颤抖……一切又消逝了，只是翻身的那一瞬间，只是想喝一点水，是的，水，我又哭了，怎么又哭了？

12月2日 阴

这几天冷冷的，虽然天很阴，但一直感觉很好。身体好像没一点事儿似的。妈妈看我高兴，脸上也散去了阴云。

设若没病，我想我现在可能正在实验室里做着PCR扩增。那台进口的美国ABI PCR 9700型扩增器也该派上用场了。可惜，可惜我不能用了。申请这台仪器可费了老鼻子劲儿，三番五次打了不下10次报告，现在用不着管这些了，但愿我的身体能康复起来，若能，唉，不去想这些了，这些目前看来都是假设，假设。

今天，又和“冰马王子”聊天了，看他不是很愉快，说是和他夫人吵架了。我问为什么，他没回答。他只是说，人活着，太不容易了，他几乎想去死。

死，好好地活着，干吗要去死？

我没劝他。我的心情一下低沉了起来……每个人都有自己的痛苦，我的痛苦又是什么呢？对死亡的畏惧，还是生的绝望？

很压抑，压抑，整个下午，没说一句话，心情忧郁得像一朵野菊花，随秋风摆动着，行将枯萎着……

以前，在灰色蒙上心情之前，总是抽那种很细的带有薄荷香味的烟，但现在，在病床的我，还能用什么方式来抵制内心带有自虐式的颓废呢？

每个人都有每个人的甲胄。我的呢，在哪里？我是赤裸的，赤裸，我的一颗心，在这个下午，在603号病房。又有谁能看到死神正在一点一点拭去我生命的颜色？

12月8日 阴

很少去浏览商都网，但今天却鬼使神差地去了。去了，我怎么就泪流满面了呢？

寻人启事，在论坛里，我怎么就看到了余勉发出来的寻人启事了呢？在百度里一搜，怎么到处都是，还有那个专一寻人的网？

泪是止不住地往下流，真想现在就给余勉打电话，真想，但后来，我怎么就抑制住了自己？

就是让他知道了又能怎么样？痛苦，唯有痛苦留给他。他是不幸的，又何必再雪上加霜？让他的心灵一直冷得像冬天？

没让妈妈看到我流泪。她从外面进来时，我别过了头，何必再让她为我担心呢？

一个下午都恍恍惚惚的。一个下午都没怎么吃东西。一个下午我都躲在被窝里流泪。我想余勉，真切地想，我怎么能看看他呢？博览会，服装博览会，他一定会参加的。报纸上说不是18号吗？在会展中心，还有几天？哦，今天是8号，还有10天，整整10天，我一定要见见他，哪怕远远地看他一眼，看他一眼……

该睡了，自己命令自己，都晚上10点了，但我怎么才能睡着呢？一闭上眼睛就是余勉。余勉，你此时会在哪里？还在我们曾住过的那个小屋吗？天很冷，快要下雪了，那条薄薄的被子，你洗过没有？我们住的楼下就有洗衣店。那个胖女人洗得很干净，被子洗了才能当褥子铺，还有那个电油汀，好像有点坏了，它就在车子棚的最里面……

12月12日 雪

这是入冬来的第一场大雪。开始的时候，只是零星地飘，以为下不大。等到了傍晚时分，却像鹅毛一样飞舞了起来，不一会，就银装素裹了一切。

天一点儿也不冷。出门前，我被妈妈裹得严严实实的。和爸爸散步，很陌生的感觉，平生第一次觉得有父爱的存在。

甬道上落满了雪。脚踩上去发出咯吱咯吱的声音，像是对寂静的破坏。小花园里到处都是冬青。它们的叶子在雪中翠绿翠绿的，闪烁着一种生命的倔强。妈妈远远看着我们，目光中流露出了一种复杂的哀伤。我不知道爸爸在想什么。他一直低着头，不说一句话。

我没有指责他。这么多年了，我已习惯了只有妈妈。我不知道当年爸爸为什么离开了我们，更不知道他们的爱情到底出现了什么问题。但我知道，我好像一出生就是孤独的，稍大一点就知道自己是个私生女，在学校里几乎抬不起头……

花园的尽头是围墙。透过铁栅栏，我能看到幽幽的河水、正在拆迁的楼房和远处广场上嬉戏的孩子，他们属于这个世界，不像我，拖着残躯，伴着一阵阵的绝望和无助……

情绪，也许是最难控制的东西。在这样的傍晚，当灰蒙蒙的天空像盖子一样压下来，当铺天盖地的雪和沉重的暮色一起落下，又有谁能欢快起来呢？

不想和任何人说话。回到病房里，司空见惯，又是苍白的一切。神思还是恍惚，吃药，喝水，对针头有些恐惧，想余勉，躺在床上，手握着笔，写日记，悲伤怎么就兀自涌了出来？心境呀，何时能被自己度化？

忽然觉得好累好累，那种心力交瘁的累。

12 月 18 日 雪

电梯里很多人，夹杂着一种消毒水的气味。父亲扶着我，但我还是挣脱了他的臂膀。我说我能行。

我穿得很厚，戴着白色的贝雷帽，在倒车镜里，我看到我的脸是毫无血色的。车子行驶得很缓慢，因为有雪，更因为车多。繁忙的金水路，在我感觉中一直像个生产车辆的流水线。

车在紫荆山附近堵了很长一段时间，又是上访，省委门口几乎被堵得水泄不通了。绕黄河路，上未来路立交桥时，忽然感觉有点头晕。

从医院里出来看余勉，是我坚持的结果。我知道他会来参加服装博览会的。我只想悄悄地看他一眼，哪怕只一眼就够了。我的固执感动了妈妈。那一刻，妈妈流泪了。妈妈说，你真傻，我的孩子。

是的，我真傻，但我不傻又能怎么样？让余勉来看我吗？一个病恹恹的我吗？我不能让他承受得太多，他凄惨的童年……唉，真是命运的捉弄呀，谁又能来化解？

终于到了，到了会展中心，人群熙攘中，我的余勉，你会在哪里？我看到你了，是的，在展台的最里面。你在和谁打着电话？你的头发长长了，还有你的胡子，乱乱的，也该理理了。我夹杂在人群中，远远地走过那个展台时是多么地激动。我真想走过去和你拥在一起，可亲爱的勉，我不能，

我不能，我不能那么残忍！你应该幸福，遭遇了那么多，人生应该是美好的。我不能把不幸留给你，死亡，也许就在明天，死亡，一个多么不合时宜的词！让我独自一个人，一个人去面对！

我走了，亲爱的勉。当我被扶着上车后，我的心都快要碎了。我还能对你说些什么？让记忆成灰吧，让美好永远伴着你，我注定了只是你生命中的过客，转瞬就会烟消云散……有些事情太无奈了，让人撕心裂肺……

12 月 20 日 晴

一天都没吃东西，除了点滴之外还是点滴。妈妈和医生似乎在嘀咕什么。下午的时候，我模模糊糊听到了些什么，还有许多脚步声，接着，就什么也不记得了，只感到头晕，周身冰凉冰凉的……

我醒了，是的，我醒了。病房里空无一人，只有我躺着。我能感觉我还插着氧气管。我的呼吸极其不舒服，有一个胶布还贴在我的鼻梁上。我想动弹，但一点力气也没有。好长时间，我只能一个姿势躺着，盯着那扇半掩的窗口。透过窗户，射过来的那一丝光是明亮的。它几乎让我感到了那是我还活着的证明。我觉得我的病情更糟糕了，眼又肿了，还有牙龈，还有腿。我身上的器官，正在一点一点地丧失功能，死亡真的就这样逼近了吗？昏迷，下午不就是昏迷了吗？

口干，挣扎着想起身喝水，却怎么也起不来。妈妈听到动静进来了，用小勺子喂我，只喝了一点，就不想喝了，周身酸痛酸痛的，像被药物麻痹了似的。

汗，出了一身，被单、枕头，全湿了。一个夜晚要被分成了几节，才能入眠？那空虚的核心，那被残月照亮的白，那黑暗中团团未知的绝望，它们是有形的梦魇，还是无形的恐惧？

阴影中的阴影，如虫子在脑袋中爬，要在我太阳穴上开个洞儿。

幻觉中又看到余勉了。他披着我在丹尼斯为他买的那件风衣，意气风发地走在东风渠上……他暗紫色的衬衫，他发白的牛仔裤，他消瘦的身体被黑暗裹挟着，渐渐溶进如液体一般黏稠的夜色里了……

12 月 23 日　雪

上午，这是我的上午吗？如此的苍白，像窗台上那层雪。

我已毫无力气了，连笔都握不住。我想我要死了，真的，一切似乎都不听使唤了。那僵硬的手指，那沉重的头颅，那麻木的腿和脚……不会的，不会的，一切怎么能来得这么快？

我想哭，我的眼泪呢？那些发黄的照片还在屏幕上滚动，我知道那是你亲手为我做的屏保，昔日的一切，又像画卷一样展现在眼前……哦，新通桥，那些树木和车辆……那些粗大的石雕还在吗？还有新区的夜景，那些五色斑斓的灯光，那随音乐起舞的喷泉……还有我的爱，勉，你在吗？还有那些不属于我的，一切的一切，都还在吗？像片枯叶，我要睡去了，像睡在妈妈的怀抱里……我怎么连回车键也敲不动了呢？手写板在哪里？在哪里？

眼睛模糊地盯着天花板，悲伤又一阵一阵地袭来了。它簇拥着我，像一群蚂蚁狂热地掏空着一个昆虫的肉体。又听到妈妈咳嗽了，像在梦里，又像是在病房里。

想余勉，好像真是做梦了，梦到他躲在一个阴暗的小屋里哭泣。外面下着大雨，悬铃木的枝条扭曲成了鞭子，猛烈地抽打着窗玻璃……

很冷，是的，冷，像风钻进了骨头，也许明天会是个好天气，但明天，我还会有明天吗？

窗外是如此的白，那些雪，是为谁穿着白孝？啊，冷，被子怎么变得这么薄，还有那冒着热气的空调片，怎么一点都不热？下滑，一切都在下滑，如在向阳坡上的那些沙粒，是的，我们每个人不都是一个沙粒吗？那么小，那么脆弱，一阵风就能把它吹走……

荆轲渡易

1

我又梦到了高渐离，

在酒肆里，喝醉了学母狗叫，

竟招来了几只公狗……

生活，在本质上欺骗了我们所有的人。

一个怀揣音乐梦想的人，

最后，竟然成了集市上的屠夫。

我也不例外。我胆怯，晕血，

凭着一身三脚猫的功夫，却成了一个游侠。

没人记得，我第一次杀生时的情境：

心跳加速，闭着眼睛——

那不过是一只鸡……

2

瑟风袅袅，芦花飘飞。

易水之寒，如心头的坚冰。

我又看到太子姬丹的泪水，滴到酒杯了。

田光自杀后，是樊於期，

我知道接着是我，不管怎样，

我都会倒在嬴政的宫殿里。

死在内心，有时会出奇的平静，

就像哄骗众生的命……

战争无法让人获得自由，

但自由，必须要通过战争。

这个饶舌的悖论，起初让我深思

现在看来，只是以暴制暴。

刺客，只是国家利益的一种博弈。

3

舞阳还是个孩子。

他睡着了。月光照着他青涩的脸。

他怀抱着仇恨和弯刀。

他应该在学堂：

“关关雎鸠，在河之州……”

战争毁了多少人的生活？

我本来也可以读书，

可以花前月下的，哦，药女，

我又想到药女，

我金子般的初恋，如今跑到了哪里？

4

草木易衰，秉性难移。

我竟流泪了。

我开始惊奇我的心还能变软。

燕姬也在垂泪。燕姬整理好了衣妆。

过了易水就是诀别了，我无数粒曾浪费的精子，

今夜，就让一粒成活吧！

黑暗在前，我不企及黎明。

我的赴死将是一种传说。

刺客

1

“风萧萧兮易水寒，壮士一去兮不复返……”是高渐离附和的声音。高渐离的眼睛在当时还没有瞎，还能看到远处的树木、船只和秋风中那把闪着寒光的剑。

太子丹没有泪水。所有的政治都接近黑暗的核心。太子丹想用一把剑，把政治拨亮一点。太子丹说，所有的死都是同一种死。

秋风萧瑟，荻花飞得更急。

黑暗开始降临了。你早已习惯于这种黑了，这种黑里常包裹着你如虹的剑气，和对一切暴力的蔑视。

你看起来是个平凡的人，但你注定不会平凡，就像你手中的这把剑。它是铁的时候，和其他铁没有什么不同。它是剑的时候，就天下第一，没有第二把了。

这是第几次渡易水了，连你自己都记不清了。

你有时变得很麻木，像你手中那把玄冰剑。它冷，痛饮血，并不知道生命是怎么一回事。

兵荒马乱，刀光剑影。许多不连贯的画面，又在你脑中闪现了。那些流离失所的难民，那些哭泣的儿童，那些绝望的老人，和平是没有一点希望了。和平像一只只白色的鸽子，正被秦兵无情地射杀。没有什么可以拯救的，除了你手中的这把剑。

小秦和紫琴早已睡着了。小秦的刀法还不错。只是小秦在看到血时，总是流露一种难以理解的悲哀。小秦说，总有一天，血会在我们身上这样流出来的。小秦不应该做杀手。小秦应该做音乐，像后来必定要瞎了眼的高渐离，但历史不是这样。历史上小秦就是秦舞阳，从小就力大无比，十三岁时就杀过人。

冷风不知何时灌进了船舱。你掖了掖草帘。你看到了月亮和老艄公的身影。你想起了父亲。你也有柔软的时候，就像你摸了摸紫琴的脸后，为她盖好露在外面的手。

2

秋雨不知何时在舱外下了起来。笼罩黎明的薄雾，也笼罩着一切。船舱内还很黑，紫琴像一束白光一样晃动起来了。紫琴高高地挽起了发髻。紫琴摸着自己长长的脖子。毕竟船舱太狭窄，紫琴感到自己可能落枕了。

紫琴看着荆轲像木桩一样坐着睡着了。她心里暖暖的。他本来是可以躺下的，但他没有。她知道那是因为他怕弄醒她。她知道他总是很细心很疼她。

紫琴撩开了麻布窗帘。她的指很细很细的。她感觉像拂过马背，拂过粗糙的皮肤。风沿着小小的窗户灌了进来。雨还在下着。雨脚凌乱，一滴一滴打在水面上。紫琴静静地听着雨声。紫琴已经好久没有这么静地听一场雨了。

紫琴是咸阳人。紫琴在离开秦国的时候，并不知道有一个叫嬴政的人正在雄心勃勃观看着自己的版图。紫琴和母亲离开咸阳时，她才 9 岁。她出城后坐在牛车上，看到了许多花在开呀开呀。

紫琴很喜欢蝴蝶，特别是那些紫色的、上下翻飞的蝴蝶。紫琴在中途休息时，就去追蝴蝶了。紫琴追呀跑呀跑呀追呀，最后看到了一张扭曲的脸，和一只握着尖刀的手。紫琴想它们应该是在一起的，为什么分开了？她就恐惧了起来。

紫琴气喘吁吁地跑回来时，外公和母亲都不见了。牛躺在地上抽搐着。她看到了血。血一点一点地流进了小河里，漂散着，染红了她的瞳孔。

紫琴知道自己叫紫琴时，已经是在燕国了。一个风姿绰约的女人对她说，你就叫紫琴吧。

紫琴开始学筝的时候，她很奇怪，一块木头怎么会发出那么好听的声音？她很用心地想弄明白。

那时候天很蓝很蓝，溪也清澈。那时候师傅总是束发而坐，铮铮之声，似有气吞万里，排山倒海之势。

那时紫琴在夜里也常梦到蝴蝶。一只蝴蝶那么轻地飞，那么孤单，像她琴弦上的一个透明的宫音。

3

江湖险恶。

江湖在哪里？真的险恶吗？怎么连睡觉时也要抱着剑？这个冷酷的职业杀手真的累了，他也是人，他应该有累的时候。

传说中他美丽的女人就在眼前。她太白了，几乎让我感到了刺眼。

一个女人真的不能太美了。美是短暂的，而美人一定是短命的。

船舱里很凉。只有一股风一种香在飘在散，这香我已熟悉三天了，三天是一个多么漫长的时间。我已记不清燕国那曲径通幽的楼榭，那高大巍峨的宫殿了。所有的繁华都是梦。

尘缘如梦，是的，如梦。

恍惚中，我又记起如梦那蛇一般的腰身了。如梦的腰身总是很暖很暖的，像一泓下淌的温泉。

那湿漉漉的早晨，那窄窄的、逶迤的街道，那卜者浑浊的目光，和散了一地的龟片……

我无端地记起这些，我真的开始相信命运了吗？我不是一直都相信自己手中的刀吗？

也许，我真的累了，像如梦所说的那样，我该静一静看看云了。云飘得很自由。云不像人。

那个卜者最后的一句话，到底意味着什么？

血喷出来后，就是句号。不疼的，卜者不知道我就是秦舞阳，江湖号称秦一刀。

4

易水在荆轲粗糙的手中像一块玉。那玉碎了，液化后一溜一溜地流出了指缝。紫琴就站在他的旁边。紫琴说，你看那落叶，那飘红，流水是无情的。

这是一个薄雾的黎明。雨还没有停。雨只是小了。老艄公还穿着蓑衣。那蓑衣有些旧了，像老艄公苍老的身躯。

很多人曾在这里求渡。老艄公撑着这条船已经好多年了。好多年来，他只是一个姿势。一个姿势是僵硬的，但他必须这样。

有多少人的一生不是一个姿势呢？那些将相王侯，那些侠客义士，那些尘归尘的，土归土的？

桨一声一声地响着。桨入水时很滑，在寂静的早晨，它是唯一的节奏。

紫琴看着远处的树和芦苇。紫琴说，岸，那是岸。

岸模糊地出现时，秦舞阳已站到了船尾。船尾有一杆竖起来的旗。那旗有些湿了，但还飘着。飘着是每杆旗应该的姿势，也是唯一的姿势。

荆轲满脸是水。紫琴说，水凉吗？紫琴弯下了腰，把手伸了出来。紫琴的臂很白很白。她想去撩水。

老艄公发声了。这里的水很深。老艄公不是无声的，在许多情节中，他都是不可缺少的配角。

荆轲拉着了紫琴的一只手。荆轲温柔地说，你够着了吗？水很寒。

紫琴斜着身子。紫琴那长长的袖子很快落入了水中。紫琴喜悦地说，我摸到水了。

5

所有的渡口都毁了，因为战争，因为土地。人在土地上不止种庄稼，还种欲望、血和仇恨。

老艄公终于把船停下来了。老艄公的锚是一把巨大的石锁。老艄公说，你真的是传说中的荆轲吗？

荆轲微笑着抬起了头。荆轲说，难道我不像吗？荆轲正弯着腰收拾包裹。荆轲抬头时，秦舞阳已提着一个木匣子，从船尾像豹子一样跳上了岸。

船晃了一下后，就又静了。紫琴说，别忘了我的箫。

箫很长很长的，被一缕红丝系着。那红丝挽着蝴蝶结，在荆轲的手中像活了似的。荆轲从来就没吹过箫，但他喜欢箫那长长的形状，以及它在紫琴嘴里发出的声音。

雨好像很知趣地停了。雨不知何时变成了雾。紫琴披上了暗红色的斗篷。紫琴扶着秦舞阳那只曾握刀的手，轻轻地一跃，便上了岸。

岸是真正的岸，但船停的地方不是渡口。船停的地方只有几块长条形的青石，和一丛丛藤状的灌木。

荆轲是最后一个跳下船的。荆轲说，历史将会在我手中被改变。

消失。一切都迅速地消失了。

老艄公看着三个人如风的背影，好像做梦似的，好像一切从未发生过。老艄公经历了太多的事情了。太多就意味着有些要忘记，而有些要被记下。

那人真的是荆轲吗？那人，传说中的杀气在哪里？还有那如水的女子，还有那玉箫。

所有的衣服都湿透了。是雨水还是汗水，连老艄公也分不清了。老艄公脱下了蓑衣。老艄公忽然想，这一切好像本来就与自己无关嘛。

6

午后的阳光出来了。午后的阳光清晰、明亮，像从公元前 227 年，照到公元后的 2002 年。

一场雨过后，总是这样的。短暂的凉爽，抵不住漫长的沤热，我所在的小城平顶山尤为如此，因为它三面环山，几乎不透一点风。

阿紫仍然没有醒。

睡眠是很轻的。在白天，它很容易被声音、光线所干扰的。其实，醒也是很难判断的。它并不取决于眼睛的闭与睁。

我们的早晨一般是从午后开始的，因为我是一名黑客，而阿紫是一名舞女。

自从我迷上网络以后，那种隐藏在我内心的侠情，就像肿瘤一样恶性地膨胀起来了。我在许多网络社区里与人叫过板。我帮助别人攻击过多少个网站，连我自己也记不清了。我只记得我从郑州的一家网吧出来时，是与两名警察擦肩而过的。

没有人知道我是谁，直到我两年前流浪到平顶山，认识一个名叫阿紫的女孩。

阿紫在 ICQ 里不叫阿紫。阿紫在 ICQ 里叫“0℃新娘”。我和她认识得很偶然，因为在平顶山的一个聊天室，她是第一个和我打招呼的人。

阿紫说，你一定是个高手吧，怎么叫“风清扬”？我刚上一个网站，主页就被修改了。那个网站肯定有恶意代码，讨厌人死了。

你是不是很生气？我可以把它黑掉！我用的输入法是万能五笔，回复得很迅速。

冲冠一怒为红颜。我的许多豪情，就是这样被激起的。而一旦被激起，那种无法遏制的破坏欲，就像被点燃的导火索一样，在我体内嘶嘶地燃烧起来。

30 分钟就足够了，是的，事实上我只用了 23 分钟。我喜欢那种具有挑战性的、刺激性的工作，不断地刷新和超越，也许是每一个职业黑客的准则。

在一个夜里，我像一条鱼一样游进发腥的舞池里时，没有人知道我刚刚干掉一个大型的网站。阿紫向我走来时，我一眼就认出了她。我说，一切都结束了，但我们，可以开始了。

恶肯定是人性暴力的一部分。在黑掉一个网站后，我总在一种罪恶的快感中漂浮着、旋转着，像一个酒徒，在醇香中的被迷醺……

7

我无所事事地在街上闲逛着。那些高楼，那些大厦，那些刺眼的玻璃幕，像虚拟的场景一样在太阳下闪着光。有时，我幻想自己就是佐罗，戴着面具，骑着黑马在街上狂奔着，而有时却感到自己不过是那个骑着瘦驴向风车挑战的堂·吉诃德。而现实是，我该找个工作了。

我从来就没有努力工作过。我在一个建筑学校毕业后，一直在一个丙级的设计单位当一个绘图员。我的工作就是整天面对一台电脑和一张近似巫婆的脸。当我厌倦了看烦了的时候，我就毅然决然像一颗流星一样逃逸出了公有制的大门。

一台黑色的二手笔记本并不是我手中的剑，但它却像剑一样代表了我的江湖情结。我期望的生活也许就是流浪、漂泊、遭遇和再遭遇，而当我真正开始流浪时，我却感到了一种肉体无法承受的轻。那种轻是无助的、孤立的，甚至是带有一丝莫名的绝望。

“我是一只小小小小鸟，想要飞也飞不高……我飞上了蓝天，才发现自己无依无靠。”有一段时间，我就是整天哼着这首歌，在各大网站流连忘返，并开始学习一些黑客软件的，事实上，我真正的黑客生涯是在我流浪到鄂州之后开始的。

鄂州是一个紧邻江边的小城。它并不繁华，甚至还可以说是有点落后。空气中的潮湿，总是弥漫着不能重复的新鲜。走在江边，偶尔你还能听到，远处的汽笛和近处的鸟鸣。

我租住的小屋，就在江边的一个小巷子里。巷子悠长悠长的，在下雨的时候，雨水沿着巷子里的青石板路，向外哗哗地流淌着，总给人一种诗意的感觉，我想象中的戴望舒，也许就是在这样的巷子里，遇到他丁香一般的姑娘的……

我并没有遇到我的丁香一般的姑娘。我所遇到只是一个网友：独孤剑。

独孤剑真名并不叫独孤剑。独孤剑是王逸飞的网名，而王逸飞的老家就在鄂州。

大凡优秀的人物，都是其貌不扬的。譬如拿破仑，譬如冯小刚（而后者更给我一种猥亵的江湖混混的感觉）。而王逸飞并不例外，1 米 65 的身高和扫帚眉概括了他的形象。

我相信王逸飞绝对是隐藏在江湖中的高手，而这个江湖就是虚拟的网络。

厮杀是无声的，那些刀光剑影，只是语言的泡沫，只是欲望沿着光缆无孔不入的泛滥……没有人知道敌人在哪里，一切在瞬间就结束了，像闪电。

和王逸飞在网上短兵相接时，我并不知道他在鄂州。当时，我甚至连鄂州在哪里都不知道。我到鄂州去，完全是因为他。

我是一个感情用事的人。当我在一个漆黑的夜晚到达鄂州时，王逸飞并不知道我来这里仅仅是因为他是我幻想中的高手。

幻想中的高手，是神龙见首不见尾的。他在感觉中应该是一道阴冷的紫色。

8

阿紫又开始扭动她如蛇一般的腰肢了……

音乐很凌乱。有重金属打击的声音，有锦帛撕裂的声音，还有高空坠落物的声音。我坐在黑暗的角落里，只有我自始至终看着阿紫的表演。

阿紫有三种状态，一种是液态的，像水；一种是固态的，像冰；而第三种状态是介乎于冰水混合物的。她在舞台上是属于冰水混合物的，那金属色的漆皮舞衣在紫色闪灯的照耀下，所彰显的冷是高贵的、神秘的；而在她 12 平方米的小屋里，她是液态的。她几乎能把我的坚硬，在 15 分钟内完全融化掉。阿紫说，女人本来就是水做的。

阿紫很少结冰。阿紫说，她结冰的时候，她会杀掉所有的男人。所有的男人，当然也包括我。阿紫说这话的时候，是在一个雷雨将至的下午。屋内很黑。我抬头看她时，忽然感到了一种黏稠的、堆积状的陌生。那陌生是人性潜在的阴暗吗？

酒精。摇头丸。香水。沸腾的血液和汗水。我没有醉生梦死，但我寄生其间，像细菌。我知道，我所把握的和不能把握的，都在悄悄地丧失，并且一再丧失。

一缕音乐终于熄灭了阿紫的舞步。我很少看这样的艳舞，像这样的艳舞，在网络上的小视频里到处都有。

阿紫终于从红色的布幔后出来了。她略显疲惫的脸，看上去很红润。与舞台上不同的是，她栗色的头发已经高高地挽了起来。阿紫说，我在台上看到你了。

阿紫开始抽烟了。在黑暗的角落里，那烟头一明一灭，似乎要剪断一种寂寞的弥漫。我已经有好几天没有见到阿紫了。我趁着一股酒力，把手伸了进去。

我并没有解开阿紫的吊袜带。我只是抚摸着。在黑暗中，我看不到她的脸。

音乐又响起来了。音乐中的舒缓、延绵，不失时机地在制造着一种入梦的情调。已是午夜了，是到了月朦胧鸟朦胧的时候了。

阿紫在我指下是一摊柔软的水，蔓延而无形。而我的欲望，却像鱼一样在发胀的血管里游来游去……

9

你又做梦了。

阿紫把你唤醒时，天仍然没有亮。阿紫说，你做什么梦了，怎么总是喊杀呀什么的？

你能回忆出梦境吗？那些战马，那些战车，还有那弥漫在旷野上的狼烟，这一切难道都是梦吗？你一动不动地平躺着，屋里很静，静得能听到屋外空调的滴水声。

你做同样的梦已经有好几次了。你很奇怪为什么总是梦到战场。那些带血的兵刃，无头的尸体，那慌不择路的奔逃……那是你梦境的全部吗？

……你抽出了剑，在宫殿里舞，那个戴王冠的人失色了吗？他推倒的几案砸到了谁？其实，你只要再向前跨一步，就能杀掉那个戴王冠的人，但你没有跨，你是在抽出了剑之后，才改变主意的。所有的暴力只是一种暴力，而肉体的毁灭，到底能意味什么？你忽然止住了脚步，笑了起来，并把剑尖指向了自己。所有的人都惊呆了，那些侍卫、宫女，那个戴王冠的人。你缓慢倒下来的时候，发现一切都倾斜了。那雕龙的柱子，有花纹的椅子，也许该闭眼了，你感到了一种凉，那是透心的。你最后看到了樊于期的脸，那从木匣子里滚落出来的一颗淤血的头颅……

你一身虚汗，在惊心动魄的梦境中躺着，肉体极度的疲惫，仿佛绷紧的弓断了弦。而阿紫在唤醒你之后，却又翻身睡去了。她细微的鼾声是你此时无法到达的。

天有些发白了。你不习惯一大早起来就抽烟，但你无事可做。你站在狭窄的阳台上，打开了窗户。小区里已经有人开始晨练了，稀疏的几个人影，像是在打太极拳，而小区的外边，有过夜的出租车还泊在街头，还有刚上班的清洁工，正在像蚂蚁一样辛勤地忙碌着。

透过纱窗的风，并没有把一切溶解，而袅绕的烟雾，反倒让你滑入更深的虚妄……一个女人的箫声就这样响起来了。她冷艳的紫唇，缀满悲伤的凉，是河水听不到的，河水听到的只是昨夜的雨、落叶和战马的嘶鸣，一个艄公并没有泪，生离死别，他见到的太多了。在渡口，那个女子的萧声，却在他的泪腺里割开了一道口儿……桨声又均匀地响起来了，桨声中的泪似乎让河水涨了三分。空空的渡船上，除了箫声以外，一切都在瞬间消失了。那月影下，凌空飘入河水的会是谁？那一缕消散的芳魂，会化作那玉箫上的蝴蝶吗？艄公想起了一个人。一个人死了，而他的名字可能会传下去，那就是荆轲，传说中的他见过的荆轲。

……没有坟，但每个人的心中都会有坟的。水祭开始的时候，老艄公拿出了玉箫。老艄公让酒缓慢地流过箫腔，并轻轻地把箫放入了水中。整个过程他都跪在船头，有风轻轻地吹着，吹着他那有一丝发白的头发，和他那破衣遮蔽不了的脊梁。

10

夜色如霜。牛奶似的抚摸，来自月亮的哪一根手指？如此的轻柔，怡荡，而又于灯红酒绿中埋藏着某种杀机？

出浴后，我并没有倦意。那铜镜中的凝脂，那奢华中的香艳，我还会是我吗，一个朴素的，倾心于音乐的人？也许，我真的不太懂政治，但我懂得一颗心一直是为我跳动着。对于一个女人，这也许就足够了。这杀戮的世界，何时才能显露和平的曙光？我已经有三天没有见到荆轲了。我和荆轲的联系，只能通过一个叫麻耳的人。他是燕国早在几年前就派来的间谍。他在秦国的身份是军队里的一个不大不小的乐官。他是少数几个能接触到蒙嘉的人。蒙嘉并不像传言中所说的那样好财，作为秦王的宠臣，更多的诽谤可能来自于派系之间的斗争。荆轲送进蒙府的大量珠宝，也许真的是石沉大海了，都已经六天了，也不见秦王的召见。麻耳的另一个计谋，是听到我的箫声后才诞生的。在昏暗的油灯下，当他仔细打量我时，我就一眼看穿了他的想法。我并没有让荆轲为难。我也没有接受他们的跪拜，也许一切，本来就应该如此。

木桶很大，撒满了香料和花瓣。水温温的，清澈而又柔滑。两个如玉的婢女，从我的手背开始，轻轻地揉搓着。烟雾缭绕中，我闭上了眼睛。我又梦到了那些油菜花了……那金黄金黄的花瓣，那飞舞的小蜜蜂……怎么太阳变黑了，是不祥的天狗吞日吗？血，殷红的血，是从哪里流出来的？我睁开了眼睛。婢女垂手而立，站在桶外并没有离去。几瓣花仍然在水面上漂浮着，它们贴着我裸露在水外的肌肤，像美丽的纹身一样，闪烁着诱人的光泽。

长乐坊，长乐坊，这就是长乐坊。那些水中的亭台楼榭，那些醉生梦死中的灯红酒绿，我不得不适应这一切。我不得不浑身布满香艳的饵。我所钓的鱼也许马上就会上钩，也许会吞掉我这个鱼饵。

蒙嘉看上去是一个很严肃的人。他白净的脸，痴痴的目光，甚至让我感到了他内心的腼腆，但沿着酒精梯子和我裸露的肚脐，最终我还是捕获了他。

我的肢体是有毒的，像美丽的罂粟。我相信在我虚假的呻吟中，正滋养着蒙嘉个人政治生涯的完结。

11

那是一颗鲜活的头颅，会说话的头颅，如今它在冰水里已经沉默了好几天了。你很想和他说话，哪怕聊上一句也可以，但他始终没有张开嘴。他的笑容似乎还挂在脸上，那是最后大限来临前的愉悦还是对你的反讽？一切似乎都搞不清楚了，模糊中，你仿佛又听到了他苍老的声音。

"动手吧，也许是时候了，难道还让我自己……"他背对着一切，始终没有转过身。他的声音有一种弃绝后的苍老，那达观的空洞，几乎让你听到了生命幽远的回声。

你们昨夜的棋局，还残剩在他身后的石几上。那黑白世界中的一粒粒棋子，多像一个人的一生呀！你没有拔剑，杀，在你手中只是一个动词，而在你心中却是一个禁忌，真的也有一丝莫名的疲倦了吗？那血，那剑，那舒展的、扭曲的软与硬，像迅猛的涡流一样席卷而来……你最终还是闭上了眼睛，跪了下来，起身时，长剑上的血迹，已染红了你的手指。你没有哭。你听着一群女人在身后的哭。你本质上就是一个杀手。你想，所有的仇恨都应该记到另一个男人嬴政的头上。

你又跪了下来，相同的姿势，却在不同的地点。你想向这冰冷的头颅诉说些什么？那秦王的诏书就在石几上，明天，明天也许就是他的忌日。也许从明天起，天下真的开始太平了，或许更乱，那可能是另一种结局。这是一个杀戮的时代，到处都充满了霸权、暴力和恐怖，那些无辜的民众，他们的头颅将会为谁堆起至高的权柄？

你曾是一个多么自负的人哪！你曾是那么地相信手中的剑，而今，你才明白，你其实什么也保护不了，甚至是紫琴。在明天的这时候，也许紫琴该逃出咸阳了，她应该好好地活着。她本应该是远离这一切的。

你又记起了第一次见到紫琴的那个夜晚。那个流水的质软的夜晚，那个剑气如虹箫声如雨的夜晚，那个饱含酒精的战栗无法抑制的夜晚，那个虫鸣的呻吟的癫狂的夜晚，那个掺糖的兑蜜的所有苦难被柔化了的夜晚……而这个夜晚，紫琴，紫琴在做些什么？长乐坊，那些禽兽一般的男人，那个道貌岸然的蒙嘉，那个脸上布满阴谋一般皱纹的麻耳……你愤恨这一切，甚至就像你愤恨自己手中的这把剑。

一整天都没有见到秦舞阳，你已提醒他好多次了。他怎么始终都离不开酒色？也许应该去放纵放纵了，他的心理压力太大了，难道你没有？那布满血丝的眼睛，那白色的絮状的失眠，那舞剑时手的颤抖。你反复练习的匕首就放在石几上。那模糊的花纹，那精致的手柄，它曾出自哪个工匠之手？它将在明天刺向嬴政的心。它是那么的锋利，在你喂毒时几乎伤了手。

12

戒备森严的大街小巷，并没有给我恐惧的感觉，相反，我却感到了一种井然的秩序。也许是燕国太乱了，涣散的民心，行将枯萎的草根经济，这也注定了它亡国的结局。我对政治从来就没有过多的兴趣。我不知道为什么有那么多人，像苍蝇热衷于一堆屎一样热衷于它。我只热衷于天下的美女和我的刀法，一路上的奔波，的确让人生累，但幸亏有紫琴的箫声，还让人感到欣慰。荆轲并非我想象中的一介武夫，他的精明和谋略要远远超过太子丹，我甚至有时怀疑，这次刺秦的行动，到底是缘自太子丹还是荆轲本身。天下太乱了。我其实并不想参与这件事，但所有的江湖都是有规则的，尽管我可能说不出。我的身不由己就像我手中的这把刀。所谓的正义和邪恶其实很难区分的。我记得有一个读书人曾说过，窃钩者诛，窃国者为诸侯。

我的生活是毫无规律可言的。我相信所有江湖中的人的生活都是如此的。我所有的漂泊生涯都与我手中的这把刀有关，而这把刀，杀过的人，连我自己也数不清了。我最近杀的那个人，是一个飞扬跋扈的地方官。我杀他仅仅是因为一个我心爱的妓女。很多人认为我是在争风吃醋，其实他们都错了，而只有我自己知道，所谓的官府，只是我手起刀落后那狗官喷出的血，和我口中吐出的那团恶气。我这一辈子注定了是一个叛逆者和无政府主义者。所有的淫威只是淫威，我从不低头。哪怕以卵击石，就像我毅然决然地参与这次行动。

紫琴是一个很出色的女子，可惜我不能染指了。在那段奔波的日子里，她美妙的箫声曾不止一次地打动我，而我只能远远地看着她，或者隔着墙壁，枕着她洁白的音符入眠。我并不害怕夜，但我害怕一个人在夜里的孤寂，特别是缠着紫琴的箫声入眠时，我总是想到了如梦。

如梦的美是甜俗的，在绚丽的夜色中是妖艳，甚至是一朵有毒的恶之花。但现在一切都不复存在了，就像一个短梦，在黎明前的破灭。我至今也弄不清，在那个狗官和我之间，她到底更爱谁。但我无法忍受她近似玩弄的手腕。也许一个妓女本应该这样，但最终我还是杀了她，在她眼里，也许我只是一个冷面杀手，但我内心是脆弱的，有时会脆弱得因为踩死一只蚂蚁而感到不安。也许，我是个双重性格的人，但一路上，我从来没有和荆轲谈过这些。我们甚至连剑术和刀法都没有谈。荆轲一脸使命感的沉默是让人厌烦的。有几次，我曾试着打破沉默，但听到紫琴的箫声后，我又陷入了自身的回忆和忏悔之中了……

关于如梦的死，我至今还认为是一次意外，但我却找不到意外的理由。一切似乎是合情合理的，类似于捉奸在床。我血液上涌时，刀就落了下来，而我静下心时，我才发现，我不能苛求像她这样的一个女人。我的忏悔并不能改变什么结局。当我躲在太子丹的府内酗酒时，我第一次感到了生命的不可挽回，也许，我应该学会善待一切了。

我的刀并没有放下，可以说是因为太子丹，也可以说是因为我自己，更可以说是因为整个天下的苍生。

13

王逸飞并没有告诉我编那个程序的目的。他只是说，我们要做一件让所有人想都不敢想的事。

我的好奇心很强。在进入那个程序的编写之前，我知道它是一个恶意的攻击性软件，但我并不知道王逸飞要用这个软件攻击哪个网站。我开始以为无非是搞一次恶作剧，等那个程序编到一半时，我才感到了它的难度。

我是在废寝忘食了两个礼拜后，才把一切完成的。我知道我完成的一切，只不过是类似一个软件的插件性质的部分，而整个程序的杀伤力，肯定会更强。

是时候了，让一切开始吧。这是王逸飞在ICQ里消失前，给我说的最后一句话。我并不知道这意味着什么，更不知道，一场战争在此话后，已全面开始打响。

我是在第二天晚上，在新闻里才知道国内最大的搜索引擎亿度空间，在昨天夜里遭到灭顶性的攻击的。我预感到是王逸飞，但王逸飞却像人间蒸发了一样，怎么也联系不上。

我并没有罪恶感，或者换句话说是成就感。我知道现在肯定会有许多人正坐在电脑前，为千疮百孔的服务器忙碌着。而恢复一个大型的数据库，绝非一件简单的事情。

两个人的白天是无聊的，而聊天室里的无聊，更是一群人的无聊。它甚至让我感到了时间齿轮，正在我体内缓慢地走动。

阿紫像一绺白光一样在室内晃动着。她的精神在上午总是涣散的，让我想到了惯于夜生活的猫。

阿紫喜欢抽一种叫“云”的烟。她吞云吐雾瘾君子般的生活，是她真实的另一面，这与她光艳的舞台形象的反差是很大的。有时也不相信，这个坐在沙发上，一边抽烟，一边不停地摁着电视遥控器的女人，就是那个舞台上冷艳的性感尤物。

阿紫是一个有洁癖的女人。在我们一拍即合的那个晚上，我甚至闻到了她小屋内漂白粉的味道。那来自床单的间或是她肉体的味道，是至今让我难忘的。它甚至快成了一种索引，让我在日后的独处时，想起那晚她欢快的呻吟和柔软的腰身……

独孤剑消失了几天后，终于又在 E 话通里出现了。那是一个黑客聚集的秘密后花园。他看上去很憔悴，但依然显得很兴奋，不停地晃动着摄像头。

是你做的吗，那件事？我有些迫不及待。他狡诈地笑了，他在笑容中点着头，样子自豪得像刚征服了什么。

Why？我又接着问道。No why 。他回答得很爽快，他谜一般的笑容背后，似乎隐藏着一个更大的阴谋。

收到了吗，那笔钱？打你卡上了，他向我伸出一个巴掌。我不解地问，什么，钱？

14

卡，我的那张卡在哪里？我已经好久没有用那张卡了。我翻来覆去地在我那鼓鼓囊囊的旅游包找着，直至最后在一件 T 恤衫里摸到它硬硬的存在。

阿紫说，我们现在就查询去吧。而我却有些担忧，甚至感到了某种潜在的危险，正在一步步地临近。

我对金钱的占有欲并不强。在我这几年的漂泊中，我除了挣够维持我正常生活的开支外，从来就没有过多地考虑它，而和阿紫同居以后，这种情况似乎一下子就发生了变化。

当高蹈的灵魂沉入世俗生活的物质水底时， 我在所谓的幸福的生活上还没有迈上几步，就已感到了由于金钱的挤压，而在内心所形成的肿痛。或许，所有的肿痛，都源自金钱，源自本能的一种物质欲。但我无法克服它，就像无法克服我的体重。

天气热得像蒸笼，整条马路给人一种汗津津的浸盐的感觉。我站在邮政大楼的玻璃大厅里，警觉地看着对面的自动取款机。也许真的是太小心了，我总感到有一张网在收拢。

阿紫若无其事地出场了。穿过人行道、绿化带和树，她白色的裙子，像水仙一样蔓延地开着。她敏捷的姿势，所翻动起的我内心的紧张，是让人焦灼的。我甚至不愿看这正在发生的一切，而又忍不住在望远镜里细心地观察着。

一切是那么的平静。我看到了她额头上的细汗，她纤细的抖动的手指，那提款机在不停地吐着的钱币……

一切都在瞬间结束了，结束，意味着什么？

我拿望远镜的手在颤抖。镜头中我看到了两个男人，两个男人粗大的手。阿紫似乎并没有反抗。她只是惊慌地看着我所在的邮政大楼。那一刻钟我甚至看到了她眼中的绝望和无奈。

我并没有逃走。我只是呆呆地坐在邮政大厅的长椅上。像这样惊心动魄的局面，我已经经历了好几次了。也许阿紫是第一次，当警车在我的脚下呼啸而过时，我又一次看到了她的脸，那蜡白的近乎一张纸的脸。

天不知何时开始下雨了。也许已经是下午了，但我没有一点食欲。我坐在公园一角的水泥亭子里，望着外面的雨水，想着刚刚被带走的阿紫，心中徒然地生出了一种无法释怀的怅然。

15

紫琴在你怀中开始融化了。

你半梦半醒，抚摸着紫琴胸前的那两堆雪。那是手指上的天堂，还是舌尖下的地狱？所有的铅华都洗去了。你闻到了她幽兰的体香。那体香其实你早就闻到过。在易水，整个晚上不都是弥漫这种味道吗？

这是你第几次偷偷混入长乐坊了，连你自己似乎也说不清了。也不知道为了什么，你无端地开始鄙视起荆轲了，是因为紫琴，还是因为他那低头不言的默许？你问过自己，但你弄不清，就像你无法弄清所谓的英雄，竟会在现实面前如此低头。也许荆轲算不上什么英雄，所有的传说只是传说，就如同这戒备森严的咸阳城，无非是多了几个站岗的稻草人。

夹杂在这些醉生梦死的人群中，你相信你是唯一清醒的人。虽然你和他们一样也是寻欢作乐的，但你很想在这里见到紫琴，哪怕是最后一面。过了今夜，也许明天，啊，明天，这绵软的酒，怎么就这样轻易地流进了你的喉咙？还有那些旋转的裙裾，那莲花一样妖娆的笑靥，啊，明天，明天这一切会化为乌有吗？ 你没有伤逝，但忽然流泪了，在那一刻钟你是脆弱的， 甚至是一阵最微弱的风也能把你吹倒。

你的眼睛开始模糊了……那甜俗的脂粉，那舞动的红绫，那迎风飘动的灯盏，那月牙儿形的窗洞，一切都模糊了，那是谁的手，扶着你走过木榭？那亭台楼阁的倒影，那水中艳红 …… 啊，那香味，朦胧中那个素衣女子是紫琴吗？你颤抖着伸出了手。她迎过来的时候，你怎么就倒下来了？她的皮肤是那么的光滑，像丝绸？她的腰身，是那么的柔软，那是你渴望已久的后花园吗？红的、黄的、蓝的，姹紫嫣红的，一股脑地就开了……

你是在四更的时候，才醒过来的。你醒来是因为那白白的月光，那蛇腹一样冰凉的风。紫琴并没有向你问起荆轲。紫琴似睡非睡躺着。她的眼角似乎有泪，在月光中，你所能看到的只是她的半张脸，那细密的长长的睫毛，那一缕青丝的散乱。

告别是无声的，连针落下来都能听到的静，是可怕的。这近乎窒息的告别，在你返回驿馆后，才感到了某种诀别的味道。

荆轲正在做着进宫前的所有准备。徐夫人的那把出了名的匕首，还在案几上。它冰冷的寒光不久将被一张破地图遮掩，还有那竹筒，竹筒下那冰凉的头颅。荆轲并没有指责你。他甚至连看你一眼都没有。他冷冷地说，是时候了，让一切结束吧。

16

图穷匕现。

一切并不突然。一切都如期而至。

嬴政的恐慌是短暂的，短暂得就如同我抓起匕首。我不得不承认这个暴君的机警。他后退时很敏捷，但我还是抢先抓住了他的袖子。那袖子我一用力就扯断了。

宫殿里顿时乱作一团，所有的人都吓坏了。对于他们，这一切是显得太突然，太突然了似乎就不真实了，而我正是他们噩梦的开始。

这肯定是个意外，但一切都晚了，嬴政终于拔出了背后的青铜剑。

我看到了一个人的恐惧。那瞳孔极度缩小后眼球的突鼓，那慌乱中跌落的王冠，那丢掉的鞋子……

我最后的一掷肯定是意外。我的手颤抖得太厉害了，不是因为害怕，而是我的腿流血了。我从来就没有见过那么多血从我身上流出。那鲜红的液体，忽然让我想到了生命的脆弱，不堪一击。也许，我不应该想这些，但我想了，匕首就飞到了柱子上。

我缓慢地倒下了。我倒下前听到了“叮”的一声，那是徐夫人那把锋利的匕首吗？那空冷的绝响，是我听到的这人世上我最后的一声叹息吗？

我没有挣扎。我疲惫地躺着。我看到一把剑向我飞来。那剑上的菱形花纹是多么的清晰。它一定出自铸剑的高手。可惜一切都晚了，我很快地感到了冷。我身体里真的就这样下雪了吗？死，会是什么样的，像那雪花的飘吗？我的紫琴，紫琴……

水浒故事

推开窗子
落下一滴艳遇
在西门庆与潘金莲的对视中
施耐庵又安插了
武松

澡身于家的温馨
这打虎的英雄放下了手中的哨棒
不再横眉冷对
人世的寒凉
大雪一直降到了深夜
盆火一直烧到了天明
其间是谁
钗环悦耳，前来加薪

一盏热酒
两滴清泪
摔门而去的英雄
比雪还白的皮肤
红后　更白
又被一道门深掩
钥匙交给谁？

纯洁的就让它纯洁
邪恶的就让它邪恶
叛逆的因子与羞怒一同加入血液
一场悲剧的序幕正被拉开

金簪记

细雨霏霏
阶前草绿
车马喧闹中
是谁的叫声
一曲三折，闪了
你的小蛮腰？
荷叶凝香，楼榭
辉煌，昨夜
酒浓时
又是谁，朱唇
一点，轻轻地
吹灭了
残月一盏？
迟起临镜，花黄
对贴，云鬓
纷乱中，乍皱的
一湾秋水
又惊飞了，金簪上的
哪只蝴蝶？

金簪记

1

一夜大雪，鸟兽无迹。

我是在五更时分听到院子里的动静的，除了嘎吱嘎吱的脚步声外，还有舞动棍棒的声音。那声音在院子里已持续两个多月了，我每一次听起来，心都会莫名地发颤，如果细心地听下去，还能听到松那急促的呼吸……

大郎还睡在自己的梦乡里，他一只手还放在我的左乳上，而另一只则抓着我的手臂，他的脸扭曲着，在黎明的光线里，我能看到他那不整齐的胡子和那过分团结的五官。这个陌生的而又熟悉的男人，在若干年前，我不知道为什么要嫁给他，而现在，我更不知道为什么这样讨厌他，就像讨厌对门那个茶馆里姓王的婆子。

也许，一切都是命，就像松，为什么会是他的弟弟，为什么在我心如止水时，又闯入了我的世界？

这个阴冷的家，这个破败的寥落的家，我早已厌倦了，我厌倦了这里的一切，这板凳，这桌椅，这里的柴米油盐，这充满炊饼味儿的棉衣，甚至，连我自己也厌倦了，那日不是连铜镜都丢进了厕所？

我讨厌我自己，是的，在松来之前，我不是一连几个月都没化妆吗？那些水粉、胭脂，不是在松搬到家里住以后才买的吗？

2

松是打虎英雄。是英雄，美人就爱。

莲最初知道时，感到很意外，意外得就像六月下了一场大雪。

莲心里想，怎么可能，一母同胞，竟会有这般不同！

莲看到过松的背影，高大，威武，在马背上像铁塔一样。莲是在二楼开窗户透气时，才看到跨马游街的松的。松那时是被人群簇拥着，是锣鼓是鞭炮在完成着他的英雄形象。

松那时很累，我是说体力上的，松毕竟刚刚和一只老虎进行了殊死的搏斗，松那时还不知道人生本来就是一场空，他将来会义无反顾地遁入空门。

有许多细节，在当时松是无法顾及，就像无法顾及到人群中有一个卖炊饼的人在拼命地喊他，以及一个女人挑帘看热闹时的好奇，当然，也包括一个卖药材的白面书生对他的不屑一顾。

松是在县衙里见到知县后，才当上捕头的。知县很体察下情，见松的呼声很高，就顺水送了一个人情，且松看起来忠厚老实，一表人才，连大虫都能制伏，维护一方平安应该是没什么问题的。

松是一个喜欢自由的人，松其实是不喜欢这样的差事的，但松想到了哥哥，想到了此次下山的目的，也许这样更易于找到失散多年的亲人，于是，他便欣然答应了。

3

你很兴奋，但还是抑制住了自己，轻轻道了个万福。

松看上去比想象的更英俊，尤其是在与大郎的对比下。你几乎觉得自己快要倾倒了，你晃了晃身子，最后扶住了桌子掩饰道，快坐吧，都是一家人，没必要那么多礼数。

大郎一直很亢奋，脸红扑扑的，目光中透露出的自豪，几乎让你觉得因为松一切都变得渺小了，微不足道了。

你开始适应一个屋子里有两个男人了，而这两个男人，有着迥异的性格。

你是何时又开始化妆的，大郎一点儿也不关心，连你用上了最贵的胭脂香他也闻不出来。而松则不然，他走过你身边时那躲闪的目光、发红的脸膛以及吞吐的话语，连窗外的梅花都知道是怎么回事。

你为此失眠过，但这又能说明什么呢？是爱吗？那火星一样闪烁的爱吗？你好久没有这样的感觉了，这种感觉暖暖的，让你在经期里的身子，像惊蛰的蛇一样复苏了起来……

4

沧州又出乱子了，听说是梁山土匪闹的，朝廷这次真的动怒了，还调动了大批的军队。

今天去城门口，远远地就看到了那几张告示，个个眉清目秀的，为什么要造反？王衙司似乎对他们很同情，醉后说了许多诸如“官逼民反”之类的话，其实，我和王衙司才认识几天，王衙司一直说我忠厚，不应该在这个官场里混，现在的官场看似仁义道德，其实都是些道貌岸然男盗女娼之徒。

我不知道王衙司为什么这么愤世嫉俗，在衙门里他不是这样的，谨小慎微的样子，像一只稍有风吹草动就会竖起耳朵的兔子。读书人也许都是这样的，不像我们粗人，除了舞弄些棍棒外，几乎什么也不想。

其实，我真的不喜欢政治，政治从本质上说都是阴谋，就像陈桥兵变，就像玄武门，它像黑洞一样，会吸噬大量的鲜血和头颅，我醉心的只是酒、哨棒和少量的佛经。

是的，说到了佛，我今天应该去云禅寺了，空竹大师一定还等着我去还愿呢，在上个月，我曾不止一次去那里，如今，已经找到了失散的哥哥，不是如愿以偿该去还愿了吗？空竹大师真是个高人，他眉如落霜，闭眼就看破了这埃埃红尘。

5

松没有说话。屋内昏黄昏黄的。莲佯装在门口，盼大郎回来。外面的积雪已经融化了。空气里的冷，有一种落寞的香味，它折叠缠绕又折叠，在松的心里，那是一条蜿蜒的蛇。

莲无话找话，叔叔叫到第三声时，松才开了口。

莫非叔叔有了心仪的女子？怎么如此走神？莲唇红齿白，在一缕微光中宛如画中的仕女。

松目光炯然，竟对如此突兀的话，感到无言以对。他停顿后，复停顿，仓皇地说，嫂嫂何来此言，松乃一介武夫，哪里会有人喜欢？

自古英雄美人配，这清河县怎么会没有叔叔喜欢的？怕是叔叔的脸皮薄了些吧。莲微笑，唇舌如簧。

松木讷，在长时间的语塞中说，让嫂嫂取笑了，松哪里算得上英雄。

大郎似乎还没有回来的迹象，莲走了过来，坐到了松的对面，盆火的旁边。盆火很旺，有木炭噼噼啪啪燃烧的声音。松的呼吸有些急促，他的目光始终停留在莲的胸部以下。

莲继续道，你哥哥是个混子，也不替你张罗，叔叔若是真有相中的，奴家一定替你保媒。

不劳嫂嫂费心了，哥哥也该回来了吧。

松站了起来，整个黄昏像一滴不合时宜的开门声一样，被疲惫的武大郎中断了。

6

生命就是这么的冗长和无聊，我每天的生活都是一样的，从早到晚都是炊饼，其实，我最初很讨厌它，但现在，我很喜欢它，它几乎快成了我生活的全部。说实话，我还是挺有悟性的，这世间的一切就如同这小小的炊饼，一面炕得差不多了，就会啪的一声翻到另一面，否则，炊饼就会炕糊了。

我曾把这个道理儿说给莲，莲只是不冷不热地说，又该交房租了，陈庚庆已经来催过了。

清河县是个小地方，我们搬到这里已经好几年了，以前在西门镇，也是做炊饼生意的，虽然镇小，但只有我一家，现在不同了，除了武记，还有张记和袁记，生意相当难做。不过，我总是有信心把生意做好的，每当我想到我的娘子还在家里等着我，我就充满了信心和力量。莲是个好女人，我得对得起她，自从嫁入我们武家来，还没享到一天福。

今天又见到恽哥了，说自从二弟当上了都头，没人再敢欺负他了。这些天，真是好事连连，二弟回来了，而且还是个打虎英雄，我们武家真是扬眉吐气了，也让我有脸告慰列祖列宗了。莲似乎也活跃起来了，以前从来没有见她如此欢快过，但愿这个家能如此欢快地保持下去，这样到年底我就可以把这个房子买下来了，现在的房价可是一个劲儿地涨……

7

大郎是在后半夜解开莲的肚兜儿的。

莲睡得朦朦胧胧的，蜷曲着身子，不从，大郎就把手伸进了她的双乳间反复地摩挲着……莲最终还是妥协了，她摊开了自己的身子，像摊开象牙床。

莲闭着眼睛，只感到一个嘴唇湿滑湿滑的，在游走……莲想到了楼下的松，想到了那个早晨松冷浴时那健硕的肢体……莲感到茂盛时，力度已经消失了，耳边只有大郎渐小渐歇的呼吸，莲无比惆怅的哀怨又像蛇一样吐出了信子。

莲披衣起来为松加薪时，盆火已经快燃尽了。松其实没睡着，松很警觉，松看到了莲，看到了莲的长发、紫袍和粉红的脖颈，松还看到了莲走到了他身旁，含情脉脉地注视……

松弄不懂这个女人，就像弄不懂几成熟的炊饼更利于下口。

莲加过薪后，盆火不一会就旺了起来，松一直没睡着，松想起了早年母亲的影子，又想起了哥哥，早年带着他在田野里挖野菜……一切朦朦胧胧，近乎胶质状……松又想起了莲，莲那无声的脚步，低沉的、近乎溪流的呻吟……松越想把这一切理清，这一切越像网一样把他裹紧。

松放弃时，已经是五更了，松想，女人有可能不是男人的肋骨，而是男人的蛀虫。

8

心乱，不是如一团麻，而是比麻更乱。

莲坐在镜前，把花黄贴了又揭，揭了又贴。莲已经 5 天没见到松了。松是在一个早上说是要去平谷县办案的，时间是 3 天。

可今天已经是第 6 天了，怎么还不回来？莲心里想。

莲一个上午什么也没做，那些该淘洗的芝麻，那些该揉的面，那些该洗的衣服。莲的焦灼在下午时，连她自己也感到毫无理由。莲想，我何时变成过这个样子？

每个人都有过初恋，莲也有过。莲那时还在张府做丫环，莲遇到秦公子时，第一次知道了什么是情窦初开。莲梦想着秦公子能娶她，但等来等去等来的却是一个雨夜，一个臃肿的身影对她的强暴……

莲是个倔强的女人，她的个性有时近乎偏执。莲以剪刀、以死的形式对抗了张府的权威，莲痛恨张府的一切，包括还委曲求全在那里做长工的哥哥。

莲其实是被卖给大郎的，虽然她头上没有插一根稻草，虽然她知道这是张府对她的一种惩罚，但她义无反顾，决绝得令所有的人惊讶。

女人的一生，可能就是一种命。莲当时一脸灰白地想，和哪个男人不是过日子？莲和大郎来到清河县后，足不出户的平淡生活就这样开始了。

9

松很固执。

松说，我不是什么英雄，怎么能写进县志？

县丞笑了，他捋了捋胡须说，下官对英雄素来敬仰，且这也是知县的意思，我岂能违背？王衙司趁着酒意打着圆场，一会儿，笔墨就当席摆了上来。

松很苦恼，他不得不又一次旧事重提，其实，关于那晚打虎的许多细节，他早就忘记了，或者说他根本就记不得，酒精使人的大脑发胀，而恐惧更让人忽略了一切……

松现在能回忆起来的，只是一些支离破碎的细节：那三碗不过岗的招牌，那行色鄙夷的店小二，还有那切成横丝的牛肉块……

而更多的回忆，还是来自死亡和恐惧布下的阴影，当被老虎扑到后的那一刹那，他绝望的反击。

松的后怕在当时是无以言表的，他瘫软在地上，双手血淋淋的，沾满了虎毛。松当时想，那个看起来有点奸相的店老板真的没有骗人。江湖一入深似海，人心真的难测呀，原以为他们只是弄出些噱头，骗些店钱。

猎户们穿着虎皮出现的时候，松看到了火把，松坐了起来，松说，老虎已被我打死了。猎户的惊讶，首先是个集体的问号，然后，就狂欢着收割了那个东方渐白的曙色。

景阳冈大虫伤 8 男 4 女，始于去秋，止于松终。

10

我不知道为什么要去云禅寺，但还是去了，莫名的心慌，莫名的跪拜，莫名的祈祷，到底为了什么？

寺里的人很少，大殿破败，如山洞一样空荡荡的，那些巍峨的神像，是要等待着我来膜拜吗？

小沙弥敲钵，我捐助，叩首，三炷香过后，我真的能平静下来吗？占卜者形如槁木，看过竹签后，只说了四个字：魔自心生。

真的，真是解铃还需系铃人吗？我的铃又是谁给我系上的？阳光下，我对着菩提树独白，而谁又能听到我这喃喃自语呢？

回家的路上，我一直是忧郁的，沿街不整齐的店铺，如影子一样，怎么一晃就过去了？甚至过菜市口时，我几乎忘记了去问米价，听说河南府又闹灾荒了，大批的难民已哄抢了平谷县的两家米行，这世道，真是满目疮痍，水深火热。

松也许是办这个案子去了，这样的案子会有些棘手，时间肯定会耽搁几天的，没事的，一切都会没事的，他还有那么好的身手，即便是遇到梁山的贼寇，也是用不上害怕的。

回到家里时，门却开着，一阵欣喜后是失望，大郎那矮矮的如钉子般的身影，又楔入了我的眼帘。

11

松叩门时，莲慌张地在镜前看了自己一眼，便飘下了楼去。莲听得出是松在叩门，重重的三声。

莲喜悦得想扑上去，但还是止住了自己荒唐的想法，在这一过程中，连门闩都被她拉掉了。

松能感觉出莲有些窘迫，松深施一礼说，嫂嫂，我回来了，哥哥在哪里，我给你们带回来了一些东西。

莲为松拍打身上的雪花时，莲才感到了一种近距离的占有欲，那种感觉很微妙，微妙得如雪落河川，万物各得其所。

莲喜欢那种丝绸，是苏州的，软如发丝，垂若流苏。莲满脸朝霞地说，叔叔怎知奴家喜欢这些？

嫂嫂一向操劳，二郎理当如此。松脱下了披风，整理了一下头发，坐了下来。

松其实三天前就回来了，除了知县的召见外，还有县丞的接风，以及编入县志的事情，松在狮子楼住了三天后，才觉得该回家看看了。松有意无意地也想到过莲，在狮子楼，不就有一个婢女很像莲吗？

大郎回来时，天已经黑透了。大郎的胡子和眉毛上都沾满了雪，莲并没有起身，只是示意门后有拂尘。

松那时正和莲说着大郎小时候的事，而这些，大郎从不给莲提起。

12

我的情欲是缓慢的，如流淌着的沙漏……我的肌肤是洁白的，还有我的腿，我的腰，我艳若桃花的胸……

我又失眠了，在白白的月光下，在大郎鼾声如雷的轰鸣中……我用和面的那只手的中指完成着自己。我知道我是盛开着的，从一开始我就是独自怒放，那花萼、花瓣和花蕊，那伴随着潮起潮落的喘息，那柔软的布，丝绸，松买给我的，那丝帛中有他的指痕和眼光，我想到此时几乎无法自抑，我以前不是这样的，不是，我怎么变得这样易于兴奋和冲动？

楼下的松也许睡着了，他会枕着我的喘息做梦吗？像昨晚我做的那样，我们在云端一起飘呀飘，飘到一个充满葵花黄的世外桃源？在那里，我们一起种下九九八十一棵小松树，慢慢地看着它们长大，直至我们隐于树下的黄土。

也许，这只是梦中的梦吧，白日梦吧，我多么想能成为一个梦游症患者呀，因为有病可以穿越一切，穿越这道德礼数，无形的鸿沟……

我是醒着的，是的，醒着，我又下楼了，火盆里的柴薪满满的，下楼来我要添些什么？内心的空虚，还是身体里更黑的暗？

我几乎弄不懂自己，我对自己无计可施。

13

松是在早晨发现那个金簪的。

松仔细端详那东西，那东西长约数寸，一端尖尖的，一端像趴着一只小凤凰。松想，这是很容易刺破皮肤的，甚至可以是凶器，刺进心脏。

松知道是莲的，但怎么会遗失在这里？昨晚睡觉前，地上似乎什么也没有，松记得是打扫过的。

松要把手上的金簪收拾起来时，莲已经下楼了，莲也看到了。莲看着他，他看着莲，在沉默的当儿，大郎也下楼了。

早饭吃得很稀疏，断断续续的，最早离开的是大郎，挑着昨晚就炕好的炊饼。接着是松，松要走的时候，是莲，是莲的声音：我的金簪。

松停顿了下来，从怀里掏了出来，背对着莲，反手递了出去。

莲的指头很细，她轻轻地碰了一下松的手心，接着，松便感觉到一股馨香扑鼻而来，随之就感到了两丘饱满的软……

莲彻底失控了，幸好，大郎又返回了。大郎说，二弟，你不是说那个帽子很暖和吗，外面又刮风了。

松和莲都惊心动魄的，确切地说，是松惊心，莲动魄。而大郎还正忙着为一个叫西门庆的药材铺子老板送炊饼。

14

半老徐娘，风韵犹存。我信这话，这话杜掌柜已经给我说过好几遍了，我知道他对我说这话的意思。钓与被钓之间其实是一种游戏，我寡居这么多年了，深有体会。我在清河县已经住了大半辈子了，这县里大大小小的地方我都熟悉，就像熟悉我腿上的伤疤，身上的体癣。我的邻居都是一些穷光蛋儿，西边的主儿，是个屠户，每晚都杀猪，弄得鸡犬不宁的；东边也好不到哪里去，是个唱戏的戏子，整天水袖干摔，连个娘子也没讨来；对门的倒是好一点，倒卖盐发了家，如今又把房子租给了卖炊饼的武大，看武大的模样就让人恶心，扫帚眉，蒜臼脸，整个人好像没发育完善似的，要多恶心就有多恶心，但他的婆娘倒生得标致，细皮嫩肉的，真是一朵鲜花插在牛粪上。唉，还有他的弟弟，打虎英雄武松，生得一表人才，真难让人相信是一母同胞所生！唉，这世道，什么怪事都有，什么都能发生，听说梁山贼子把官府的生辰纲都劫了，高太尉气得把桌子都拍断了，这世道，还是关起门过自己的日子好。

这两天，客人少了许多，听说难民快拥过来了，还不如关门算了。苏州的“吓煞人”也喝完了，没了好茶，怎么会有客人来？还有那个唱柳三变词曲的秋子红，都跑哪里去了？再也不能让恽哥这个小子来卖水果了，尖耳猴腮的，一看就不是好东西，吃个水果还要老娘的钱。

15

松一连数天没有回家，消失得无影无踪，像冬天里的壁虎。

松把所有的精力集中到衙门里以后，才发现这个世界原来是有另一番样子的。官员在谋官，商人在谋钱，仕人在谋名，就连百乐门有钱的婊子也在谋个贞洁牌坊。

松失望至极，就开始饮酒了，起初是一个人饮，后来是和王衙司，再后来就是和一个诗人蒋捷。

诗人都是多情的，松最初看不惯蒋放浪形骸的作风，但后来想到了自己，想到了莲，就认同了他许多在他看来是常人难以理解的观点。比如，梁山是一拨好汉，并不是乱臣贼子，又比如柳永柳三变是最大的才子，那一群妓女怎么配去葬他。

蒋捷有个婢女叫小婉，除了精通音律外，还精通医术。松是在多次接触后，才知道小婉很有灵性的。

松很少舞剑，那晚松趁着醉意，在蒋家的后花园舞了起来，那晚是小婉弹的琵琶，弦声幽咽，至阴至阳处，有丝帛撕裂的声音，松知道那声音会在莲的体内发出，就算是他躲过了初一，也避不过十五。

松舞完剑后看了小婉一眼，松说，我现在才知道俞伯牙为什么要摔琴了。

松睡得很舒服，大饮后松总是这样合衣平躺着，小婉换了衣服来伺候时，松朦朦胧胧地叫着莲，小婉是在为松宽衣解带时才发现那个金簪的。

16

哥哥很憔悴，像一下子苍老了许多。

哥哥说，莲病了，整天恍恍惚惚的，魂不守舍。他去抓药，顺便来看看你。

你知道，你可能就是一服上好的草药，但你不可能，也不能充当这药引子。这中间有你的哥哥，如今，还有了小婉。

小婉没有问那簪子是谁的，小婉只是在第二天把它插在了发间，小婉对镜梳妆时，你看到了她腕上的守宫砂，怎么一夜之间就消失了呢?

你试图回忆着昨晚的一切，昨晚的一切像梦一样，那柳絮一般的云朵，那柳芽一般鲜嫩，那柳笛一般的婉转悦耳……这所有的一切，难道是真的?

又一次面对那扇虚掩的门，你心头说不上是哪一种滋味。莲下楼了，满脸蜡黄蜡黄的，头发凌乱。见你进来后，她的身子摇动了一下，扶住了楼梯。

你没有施礼，只是看着她，等她看到你背后的小婉时，她的脸突然由黄变红，又迅速变白了。

小婉低头扣脉时，莲目光呆滞看着小婉的头发，看着小婉发髻里的簪子，莲自言自语地说，这好像是我丢的那个簪子。

小婉有些吃惊，继而，回头看了看你，然后，拔下簪子，像一缕光一样消失了。

黑暗是何时降临的，连你自己也不知道，你只知道莲在你怀中的哭泣、哥哥惊愕的目光和扭曲的五官，如他手中被掰碎的草药一样……

17

松离开那天，和大郎还是喝了几杯酒。他们说些什么，莲不知道，莲没下楼，莲的脸上还紫青紫青的，莲知道这次大郎真是动怒了。

大郎从没打过莲，这次他却打了，甚至在打完她之后，就抓着她的头发从后面进入了她，她疼得直叫，拼命地挣扎着，在整个过程中，大郎有一种报复的快感，大郎是发泄之后才离家出走的，这一走就是三日，等他回来时，似乎又变得像往常一样了。

莲是看着松骑马离开的，还是那扇窗子，莲想到了第一次看到松时的背影，莲想哭，咬着嘴唇反而笑了，莲的笑声惊动了大郎，他上楼时，莲已经把一梳妆台的胭脂、粉摔了一地。

大郎很有耐心，蹲下来一瓶一瓶地捡着，莲继续一瓶一瓶地摔着，如此循环三次，清扫，再清扫，复清扫，最后，大郎实在是忍受不了了，他拿起那个支窗户的栗木棒子，猛地朝莲的肩头打去。

莲没有躲闪，她根本就没想躲，莲性格中那偏执的一面，又像炊饼里的气泡一样鼓了起来。莲望着这个陌生的男人，心头生出了一股视死如归的凛然。

18

兄弟如手足，妻妾如衣服……哥哥近乎嗫嚅着说，也该成个家了，是我没尽到职，父母不在世。

松放下五十两纹银，痛饮了三杯后，就走了。大郎没有站起身，他只是茫然地看着那空了的板凳，那空了的酒杯……

松不知道为什么事情会弄成这样，更不知道那天莲怎么变得那么脆弱，她整个人几乎是扑到他怀里的，他想拒绝，但他感到了她身子的颤抖，她像一根芦苇一样，因抽泣而晃动着，他只有静静地抱着她，直至包在纸里的火燃在大郎倒竖的扫帚眉上。

松穿过了小巷，他的泪水噙在眼里。松看到王婆给他打招呼，松下意识地点了点头。松一直沉浸在秘而不宣的往事里，那些往事，如过往的流云一般川流不息着……在小河沟里摸鱼儿、被哥哥背着去看郎中，以及哥哥第一次买给他的糖葫芦……

松的回忆是被一阵马蹄声打断的，松看到了官兵，全副武装的官兵。松想，一定是出什么乱子了。

松回过神时，官兵已经走出去好远了，松模模糊糊地看到了那个被抓的人，有蒋捷的模样，松转念一想，怎么会呢，一定是眼花了。

松打马前行时，又一次回过了头。松看到了莲正在楼上合那扇雕花的窗户，夕阳如血，那雕花的窗户宛如带血的枷……

19

蒋捷被正法前，武松去看过他一次。蒋捷当时披头散发的，失去了诗人的风采。蒋捷激愤地说，这是一个阴谋，我是被诬陷的。

蒋捷不知道是谁要害死他，武松也不知道。等武松想弄明白时，蒋捷的血已经化作一炼飞虹，尽染了菜市口的尘土。

武松是在人群里看到小婉的，和一身黑装的蒋夫人一起。看热闹的人很多，人们都想看看梁山的反贼，到底长得什么样子。

武松知道，蒋捷肯定不是反贼，他相信知县也知道，县丞也知道，但蒋捷还是被处死了，从被抓到死也不过几天的时间。

所有的政治都是黑暗，越接近它的核心就越会发现这一点，政治就等同于黑暗。王衙司没去参加蒋捷的葬礼，他在一次醉后对武松是这样说的，别再插手蒋捷的事情了，人都已经死了。

在苦闷的夜里，武松又想到了莲，想到了那支金簪，继而又想到了哥哥……在许多时候，他都想用一章佛法来抑制自己的不安，但在贝叶里，他怎能安抚自己那颗动荡的心？

武松再一次来到云禅寺时，小沙弥说，师父远游去了，但师父给你留下了信，还有蒋先生的一封，可惜蒋先生他……

20

生活似乎又恢复了原样，像扶手上的灰尘，擦了又落。

莲已习惯上了孤单，孤单是有瘾的，它像病，会在万家灯火时传染每一个落寞的人。

莲心如死灰前反抗过，包括大郎的冷漠和暴力，但无尽的、像她头发一样黑的黑暗不是层层包围着她吗？

莲变得麻木时，任大郎在她身上变换着云朵和露雨，莲一声不吭。莲像木头人一样。莲想，下辈子她一定要脱生个男人。

莲在结束后，总是爬进木桶里细细地洗，哪怕水很凉，天很冷，哪怕夜很深，更鼓都尽了。

莲希望自己像蛇一样蜕皮，像蛇一样在体内一次次地死去，然后再复活。

是蛇，就会积蓄毒液。

大郎不知道危险的存在。大郎以折磨莲的方式折磨着自己的生活，大郎想，天下的女人都是水性杨花，连我的弟弟也勾引。

大郎以为生活就是他的炊饼，油是油，面是面，芝麻是芝麻，等三者从炉子里出来后，就成了炊饼。大郎不知道怎么掌握生活的火候，尽管在实际操作中，他游刃有余。

大郎第一次酗酒的晚上，吐了一床。莲毫无反应，莲只是把被单团巴团巴扔到了楼下的木盆里。莲继续睡，莲甚至连被子都不给大郎盖，任他在夜里蹬开身上所有的东西。

21

武松很少看到他哥哥。

武松是在闹市口的第二条大街上，看到莲和哥哥的。莲在熙熙攘攘的人流中，显得很耀眼，尽管她的衣服穿得很素，头上罩着蓝帕。

穿过小街，绕过菜市口，武松对王衙司说，我们去看看蒋夫人吧。

小婉还在。蒋夫人一身素装。十万白银才换来了她的自由身。武松开始不信银子的力量，等王衙司出面多方打点后，那个充当官妓的判文才止于汪知县的案头。

武松拿出了那封信，武松并没有拆开，武松说是空竹大师给蒋先生的。

蒋夫人微微皱了皱眉头，和云禅寺不是没有什么来往吗？

蒋记钱庄几乎是在一夜之间垮掉的，除了管事的周三元外，几乎所有的人都走了。

周三元说夫人，我记得老爷去过云禅寺，那寺里似乎还藏有我们的库银。

蒋夫人打开信后很失望，除了一首咏春的诗之外，什么也没有。

小婉是在掌灯时分，才把酒席备好的。武松一直很纳闷，为什么空竹大师给他的信也是一首诗呢？

武松觉得很蹊跷，出于一种职业的敏感，他一直什么也没说。

小婉的琵琶很凄婉，和着窗外惨白的月色，让人睹物思人，想到了蒋捷。

蒋夫人离席舞动起腰肢时，所有的人都惊呆了，那玲珑的水袖，含泪的明眸，那一层扭曲的黑纱，寄托了她多少对亡人的哀思？

蒋夫人舒缓地停下来后说，在认识蒋先生之前，她是汴梁一品红的歌姬。

22

小婉解开了最后的带子，小婉说，我和莲谁好？

松看着她，看着赤裸的她，把头整个埋进了她胸前的秀发里。

小婉很平缓地，用舌尖，舔。

小婉在松身上时，小婉急促地说，我就是那只景阳冈的老虎，老虎。

小婉在松身下时，小婉抱着松的肩说，你就是我的英雄，英雄！

小婉的呻吟细而密，像涓涓溪流，像飞瀑倾泻，扬花溅玉。松有好几次，几乎就难以把持了。

小婉在松怀里睡熟后，松还一直醒着。松总在这时想起莲，想起那个早上，如果哥哥不回来取帽子，该会是怎么样的情形。

莲从后面抱住他时，真的出乎他的预料，他其实只想把簪子还她，叔嫂之间注定了不应该有什么，也应该没什么，但后来怎么就变成了这样子呢？

松做梦了，是噩梦。

松梦到莲被捆绑着，被一根粗粗的栗木棒子折磨着……莲的身上到处是血，头发凌乱得如扫帚毛儿……

松是在小婉的叫声中苏醒的。

小婉说，你又梦魇了，看急得，汗都弄了我一身。

小婉起来擦汗时，已经是五更时分了。松这次很主动，主动得就像打一套组合拳，闪转腾挪，迭宕有致，他几乎毫不费力地就抵达了她的高峰。

23

春暖花开时，大郎盘下了菜市口的一个小店，虽然地方不够宽绰，但卖炊饼足够了。

开张时，街坊四邻都来了，松和王衙司也来了，场面还算隆重，但松自始至终都没见到莲。

大郎乍一看上去衰老了许多，那脸上强堆起的笑容，仿佛老榆树上又长出了一层新皮。

松走时又放下了十两纹银，松说，不行就招个小伙计，别累着了。

小婉是在下午才把纸鹞买回来的。

清河堤上到处都是游走的人。柳树在二月的春风里已剪出了嫩芽。

蒋夫人说，这比花园里好玩多了，看那戏水的鸳鸯，一对儿一对儿的。

松和小婉都没有答话。小婉拉着细细的线，小婉嘟囔着说，看纸鹞都飞得瞅不见了，还不让收线。

松喜欢飞。

松说我十多岁就进山学艺去了，我在山上打柴时特别羡慕鹰，它们是多么的自由，多么的矫健，可师父说练好武艺了，你自然可以到处飞。

松知道师父就是一只鹰。

师父说我累了，才飞到了这座破庙里，就像每只鸟都有一个巢，每一个男人都有一个心爱的女人。

师父是个半路出家的和尚。师父的身世，对于松来说，从来就是不可考。

24

莲在高挽发髻时，又想起了那个金簪。那金簪此刻本来是应该躺在她的首饰盒里的。

莲想起了松，但一转念就滑了过去。有一种爱，憋久了就会发酵成恨。爱恨本来就无常。

莲打开窗户时才发现，今天的天气很好，阳光明媚得让整个身子都发软。是春天了，一整个冬天的沉闷，都应该烟消云散了。

自从开了新店后，大郎白天很少回来，甚至有时晚上也不回来，在空落落的寂静中，莲开始时感到了一种从未有过的放松，慢慢地，这种放松变成了一种无聊，继而，便在心头开出了几朵海棠花般的颓废。

莲是在听到几声猫叫后，才开始觉得有些失眠的。

那种感觉很强烈，它带着空虚楔入身体时，几乎让莲难以招架。莲第一次有意识地摸到了自己的细长的腿，白嫩的胸，莲在虚妄中只扑腾了几下，一只鸟便落进了水里……

莲重新捞起自己时，更鼓已响三下，大郎仍然没有回来。莲索性解下了肚兜儿，叉开了双腿，以导火索般的芊指，点燃了一次更深层的探索。

没有路标。沼泽。甚至连路也没有。

莲紧张、压抑，一种类自由落体般的快感，充满了整个轻轻漂浮的罗帐。

25

真可笑，王婆竟然说她年轻时和我一样标致，看看她那覆满褶子的脸，如果几十年后我和她一样，我宁愿现在就去死。

这几日，不知为什么，总想往门外跑，其实，外面也没有什么变化。柳树是绿了，还有那些玉兰，早已开败了，还有那清河堤上的人，是多了起来，可这与去年的春天有什么两样呢?

身上又见红了，可能是第 4 天了吧，小肚子总是坠坠的生疼，躺下休息时，却怎么也睡不着。

起来时，已经是午后了，太阳暖暖地照着一切，一种昏昏欲睡的感觉，又像桃花一样爬上了枝头。

我决定出门时，那个小伙计宝儿来了，宝儿说大爷让我来取些银两米面，米面这两天又要涨价。

和王婆几乎无话可说，但还是打了个招呼，王婆生意清淡得站在门口嗑瓜子。我一眼就能看出，王婆是个很势利的女人，那眼神几乎是安上了称星儿，连一只鸟打她面前飞过，她都会掂量掂量的，我讨厌这样的人，我为他们感到累，多么好的春光呀，干吗要这样!

何戏子又在吊嗓子了，咿咿呀呀的，其实，能陶醉在自己的艺术中也不错，不过，我从来就没听过他的戏，听大郎说他有些不正常，连上街买东西也走着莲步。

其实，河堤上也没什么好玩的，除了人之外，还是人，一片闹嚷嚷的，让耳根无法清静。

26

那些整齐的芦苇叶被点燃后，片刻就化成了灰。大郎最初不知道莲要干什么，等莲把那些灰装到花花绿绿的小带里裹住下身时，大郎笑了。

大郎的笑带着一种狡黠。

那段时光，莲是幸福的。莲说什么，大郎就做什么，就连莲的那种充满污血的带子，大郎也争着洗。

莲有时会回忆起那段日子，但想起自己多舛的身世时，她就又烦躁起来了。

莲知道自己是私生女时，那个曾被她母亲指认为她父亲的男人已经快要咽气了，他老得像一个白胡子爷爷，在母亲瞎话儿里经常出现的那种，他没有留给她们一分钱的遗产，相反是厄运，是被赶出了那朱红的大门的厄运。

莲的母亲进入张家做老妈子的时候，其实还很年轻，只有 32 岁。而莲在张家做丫环时，更年轻，只有 14 岁。

莲的美丽是天生的，莲错就错在她自小就知道自己很美，且知道美是一种资本。

莲和秦公子眉目传情时，莲不知道，张家的老爷已和大夫人因为她吵了两次嘴了。大夫人很坚决，并且发动了三夫人和老太太。

张家老爷最终还是表面放弃了，他贼心不死，暗渡陈仓的夜晚，天下着暴雨，张家老爷是在莲的母亲的默许下，进入莲的房间的，那一夜，莲还做着美丽的、充满了肥皂泡的梦。

莲醒来时，一切都改变了，莲痛恨一切，她拿起剪刀，几乎剪断了自己的喉管。性与生命相比，还是淡了一些，张家老爷最终还是放弃了，但他的仇恨，让前来送炊饼的大郎，捡到了天上掉下来的馅饼。

大郎只用了五十两纹银就把莲领回了家。

27

整个春天没有几日，就被秋子红两嗓子唱完了，这个瞎眼儿的赵老头，真是养了个好闺女。我那个挨千刀掌柜的，怎么没有给我留下一男半女，就早早地走了，害得我如今还得为生计奔波？何久还没有把福建的茶叶送来，这个老不死的，下次不买他的茶，北街的卧龙轩又关门了，那种“吓煞人”到哪里才能进来？还有信阳的鱼钩茶，新茶也该下来了。生意真是难做呀！不吃哪行利，就不知哪行苦，这是个薄利的时代，哪能与当官的人相比？

这段时间似乎一直没见到武二，挺奇怪的，不会是出什么事情了吧。这几天总是见到潘氏往外跑，一脸脂粉的样子，也不见那个矬钉儿跟着，倒是挺稀奇的。听说前街的那个王氏，信了什么邪教，跟一个粘着假胡子的术士跑了，害得她三岁的儿子差点掉到粪坑里淹死。听别人说，那个王氏挺本分，可能原来就是相好的。还有那些梁山贼子又下山闹了，听说打死了许多人，连军队的押粮车都劫走了，官府一直在封锁消息，可这种事怎能封锁得了呢？就像年前被砍头的蒋捷，是个好好的读书人，怎么会是反贼？听说是原来在东京得罪高官，领走了人家的意中人，所以才被砍头的，女人真是祸水呀，祸水！

28

初夏的炎热，是一点一点漏进纱帐里的，像心头的红杏，在长熟前连杏树本身也并不知晓。

莲只穿着亵衣，状如噩梦访问了现实。

大郎是在一切都结束以后，才解开缠在手腕里的红绫子的。

莲不抵抗，不迎合，只是像道具一样平躺着，任大郎在她身上恣意纵横，万涛汹涌后奔流如注。

大郎像牛头马面一样一闪就消失了，屋里静了下来，一下子的静，让莲几乎听到灰尘落下来的声音。

莲开始洗自己了，反复地洗，像洗一件发白的抹胸。

莲讨厌大郎残留在她体内的那些东西，莲以前用过明矾水，但今天，她去了生药铺子买了藏红花。

莲把红花泡到木桶里的当儿，心里的压抑忽然像泪水一样缓解了。

莲小产过，当时流了很多血。自那次以后，莲就特别讨厌大郎在她身子里留下来的种了，那些种子是有根儿的，会发芽，她有时甚至真的希望大郎断子绝孙。

莲的左乳又疼了起来，每一次都有伤，每一次都是这一边。

大郎喜欢像面团一样揉搓着它，炊饼劲口不劲口，主要靠揉面。大郎在揉完面后总是喜欢拽一小团儿，而每次，莲总是等着像受刑的最后一道工序。

29

云禅寺里很黑。伸手不见五指。

那个黑影几乎隐于夜色中，如果不是那点滴的灯光，打出了她的影子。

空竹大师闭着眼睛，空竹大师说，我等你好久了。

那个黑影从房顶跳了下来，身手敏捷如猫。

那个黑影披着面纱，手里还握着一把寒光闪闪的剑。

圣公已经举兵起事了。歙州已经攻克，“病关索”郭师中已经被圣公生擒。杭州指日可待。

空竹闭着眼睛，像是在诵经，又像是在津津乐道地诉说。

这与我无关，那些东西到底在哪里？那个黑影厉声问道。

我已见过尊师郑施主了，这里有他的信，摩尼教已加入圣公的义军了，蒋相公的血不能白流。

那个黑影突然颤抖了一下，剑尖抵住了墙壁。

黑，依然是黑，那个黑影拭去了面纱里的泪，她悲伤的眼睛，如射线一样照着空竹嚅动的喉结。

施主何必苦苦相逼，其实，该给你的都给你了，那东西一半在你那，一半在武松的手里。花非花，人非人，诗非诗，你明白不？女施主。

那个黑影是从角门里被送出来的。小沙弥很奇怪，寺院里没有花开，哪来的一股香味儿？

30

松是在午夜时分才发现那个秘密的。

他开始很兴奋，就叫醒了婉，后来，婉惺忪地说干什么，一翻身就睡了。松是在第二天早上说他发现了一个秘密时，才引起小婉的注意的。

小婉说，夫人这几天问过我信的事，好像很重要似的，你何时跟夫人提到过信的事？

松没有回答。松心里想，夫人是怎么知道这回事的。

松的疑虑更重了，仿佛是一个谜，他刚刚摸到怎么去猜？

松在花园里练棍时，很容易想到蒋捷，想到他的狂放和不羁，想到他诗句里的暗讽和隐喻。

说实话，松最早看不懂这些蝌蚪一样的东西，但松听得明白，松能听出那些精妙的弦外之音。

松想，练武也应该是这样的，要练，还要有一种悟。

松的武艺在山上时并没有臻于完善。松的师父知道，松也知道，松下山时，师父说，上善若水，厚德载物，修武之道，在于侠义，你要好自为之。

松并不觉得自己是侠，松觉得打死那条大虫是出于一种人的本能，至于除害，也确实是除了，是客观上的原因，并非本意。

但所有见过松的人不这样看，松一脸正气的模样，加重了人们对他侠士形象的认可。

松一夜扬名时，其实大宋还发生了许多事。譬如在睦州青溪，有一个叫方腊方十三的人造反了。

31

莲是在午睡中梦到松的。

松和她一起骑着高头大马，开始是在大街上，后来就跑到了田野里，他们一路都是狂奔着，眼前有菊黄菊黄的油菜花，芳香扑鼻，身后有笔直的白杨，哗哗作响……

莲醒来后发现自己哭了。那泪凉凉的，晶莹而又透明。

莲是在床上耽搁半个时辰后，才想起床的。莲摸着自己近乎荒凉的肢体，莲想，那些丝绸也该派上用场了。

莲习惯性地打开窗子时，支窗户的栗木棒子怎么掉了，莲下意识地往下看了一眼，莲看到一张清秀的脸正摸着头在往上看。

四目相对，只是那么一瞬，莲就关了窗户。

莲当时不知道他叫西门庆，西门庆也不知道她叫潘金莲。

莲当时想，可能砸疼了这个白衣相公。而西门庆却好奇地想，这清河县哪来这么俊俏的一个娘子？

莲出门捡那棒子时，西门庆还在，西门庆把棒子递了过去，西门庆说，小生有礼了。

莲几乎没说话，莲矜持，慌张。莲只是略带歉意地还礼，然后，就退回了门里。

意犹未尽，一种情愫在弥漫，在西门庆春意盎然的心头，在王婆偶然一瞥把这一切尽收眼底的目光里。

32

如果莲是针，王婆一定是线，那么刺绣的一定是西门庆。

西门庆打 16 岁起，就喜欢绣鸳鸯。西门庆第一个鸳鸯绣得很不成功，甚至是粗糙。

西门庆的针法很娴熟时，他发现他在清河县几乎找不到合适的针了，凝香阁的太粗，翠红楼太细，正当他犯愁时，一根栗木棒子从天上落了下来。

王婆开始做线时，总说莲的针眼儿细。等几十两纹银和几声王干娘王干娘的甜言蜜语下肚后，一切似乎都冰雪融化了。

莲几乎就不喝茶，但王婆在借东借西后，总是送茶叶表示谢意，如此三番五次后，莲也开始走动了起来。

人其实都是寂寞的，渴望遭遇和被遭遇，是生活的一种常态。

莲第二次看到西门庆时，秋子红正把柳永的“对长亭晚”唱到宫调。莲一下就认出了他。

莲是来帮王婆绣荷花的。王婆说莲手巧，她娘家侄女要出阁，她去年就答应人家的。

莲觉得自己就是手巧，莲绣的荷花，在视觉上总是别样一红。

莲是沿着左侧的门进入后堂的。后堂除了有十几把水壶在炉子上作响外，还有桌椅和板凳，还有一个别致帘子虚掩着一个套间。

莲轻喊了一声王妈妈后，王婆便和那个被她棒子砸了的男子一同走了进来。

33

主簿的尸体是在云禅寺后面的松林里发现的。所谓一剑穿喉，在孙仵作的文书上只是“用利器瞬间割断咽喉”。

松与主簿几乎没有来往，除了例行公事时的接触。

在松的记忆中，主簿是威严的、谨慎的，甚至是不苟言笑的。

主簿有一妻一妾，生活低调得几乎看不到一点花边儿，但在松进一步的调查中，却发现了一个不小的秘密：皇城司，主簿竟然是皇城司的人。

松知道皇城司意味着什么，就像知道紫禁城意味着什么一样。松知道主薄的死绝对另有隐情，并不是知县说的路遇歹人，就像蒋捷的死。

松这样想时，又把疑点落到了云禅寺，松忽然想起了空竹大师的那封信，莫非这一切都与蒋捷的死有关？

松又想起了那封信背面的一行小字：永乐开元。永乐开元，到底是什么意思？在向他暗示着什么？

下午依然是疑问一团。直至闲聊的捕快们到了时辰做鸟兽状散去。他们真是什么也不考虑，当一天和尚撞一天钟。松想，其实，我也是可以和他们一样的，没必要自寻烦恼。

天微黑时，王衙司又来了，去狮子楼喝酒，王衙司一沾酒就醉了。王衙司说，这大宋看来气数已尽，方十三已经打下杭州了，真不知道那些官兵都是干什么吃的！

松不关心方腊。松说，你知道主簿死了吗，绝不是一般的死。

王衙司皱起了眉头。怎么讲，这还有真相?！他妈的，什么世道，官方的话真的一句也不能信了！

松几乎不在意王衙司发的牢骚，松在意的只是那封百思不得其解的信，在他心头，蒋捷的死一直就是他想解开的谜。

34

莲很焦灼，一个上午都如此。

甜蜜和痛苦有时是分不清的。

甜蜜和痛苦都是很虚妄的东西，就像性，所谓色即空空即色，就是这个意思。莲不是佛的清教徒。

莲喜欢有点温度的男人。莲掉进庆炙热的目光里时，只有几秒钟就融化了。莲觉得自己是蜡人。

莲其实是挣扎了，且有点恼羞成怒。但庆太迅猛了，几乎如利箭一样直达要害。

莲先感到自己很凝涩，接着是如滑冰，再接着就是禁不住地井喷。

从脚到唇，那中间是庆急切的潜海与爬山，是伊甸园里苹果与蛇的诱惑，是自己无底的坠落，再坠落……

“今宵酒醒何处，杨柳岸，晓风残月……”宫、商、角、徵、羽，一切都是在秋子红恹恹的歌喉里结束的。

莲很疲惫。莲穿好衣服后，王婆走了进来，王婆佯装怒气地说，你们怎能在光天化日之下，干出这等荒唐之事？

莲当时不清楚这是布好的局，莲很恐慌，莲急得几乎快要跪了下来。

莲现在想起时，觉得这一切如梦一样，但这梦是真实的，她甚至还能隐隐约约感到背部的疼痛，以及由于挤压，臀部在桌边划下的伤痕。

上午是空虚的，阳光。下午是寂寥的，灰尘。一切的烦躁，只因为她又想到了松。

35

这个浪荡的公子哥儿，还真有手段，怎么三下五除二就把那个小娘子搞定了？女人呀，看着一本正经的，没一个是好货色。看这潘家娘子，唉，武大呀武大，你这顶绿帽子是戴定了！其实，这些是与我无关的，没必要有良心上的自我谴责，红杏要出墙的，一定是墙短，干我何事？我只喜欢这白花花的银子，这年代，只有它是最靠得住的。

今天，是的，今天差一点出大乱子。官府说了，不让胡乱议论朝政，可佟秀才非在茶馆里乱说，说什么蔡太师只配回家练字，高太尉只会陪皇上玩蹴鞠……这大逆不道的话，他也敢在公共场合里说，一定是读书读傻了，不想要脑袋了，杭州被方十三攻破了，谁都知道，听说连蔡太师家的祖坟都被挖了，还用他在这里瞎吵吵，幸亏，今天秋子红又来唱小曲了，佟员外也真该管管他儿子了，他不想活命，我还得做生意呢，可真是的。

杜掌柜昨晚又来敲我的窗棂子了，这个老色鬼，吃着碗里的看着锅里的，还想占着盘子里的，老娘我不是他案板上的鱼，想怎么开膛就怎么开膛，也不打听打听，我王二凤当年的威风……唉，现在是老了，老了就得服老，王婆、王婆地随他们叫去，是人，总会有老的一天，唉，不过，看他们在我的小屋里风流快活，我心里真有点难过，那糟老头子，怎么就死得那么早，可恨那个道貌岸然的郎中，庸医真是害死人呀！

36

忽然感到很气闷，这病来得毫无征兆。

大郎一个劲儿地翻身，从左到右，又从右向左。

莲也没睡。才几天，莲就觉得这张床她再也不想睡了，不是因为床有问题，是因为她的心理，她强烈对比后的落差。

莲最早认为男人和女人在一起都是命。命是绝望的代称，是不可违背的、无法更改的，如圣旨。

但现在不是了，不是了是因为透过大郎猪一般的呼吸，她看到了另一番天空中飞驰的骏马，她偶尔也会无比怅然地想起松，但那是短暂的、形而上的，甚至是虚无缥缈的，如神龛里的关老爷。

莲抵达现实是又一次听到了大郎痛苦的呻吟。

看来大郎真的是病得不轻。

大郎吃那种很苦的草药。在吃草药的同时，他还吃莲为他特意做的煎饼。鸡蛋是双黄的，莲说，那个芦花鸡又开始下蛋了。

大郎不知道莲为什么一直怀不上，他想，连她养的鸡子都能，她为什么不能呢？大郎想要一个儿子。指望二弟，恐怕还得等上几年。

大郎想弟弟，但他看到阳光下，那个又开始涂脂抹粉的女人时，他又滋生出了一股莫名的怒火。

37

莲一脸乌青，咬着头发，嘴角流着血。

沉默在丈量暴力深度的同时，也丈量着莲的仇恨。

莲嫉恶如仇。莲愤怒到极点后大笑了起来。她蔑视着大郎，蔑视着武家的祖宗牌位。

莲不跪，所有的肉体上的形式，都折磨不了她的精神。

大郎是惊愕的，惊得比一只鹅还愕。

大郎溃然地倒在墙上，身子滑落至地，一切是坚硬的，如这蹾着屁股的青砖，如莲骨子里的硬。

大郎是扬长而去的，连大门都没有关。他觉得，所谓的家，不单单是一个男人加女人那么简单。他觉得头发蒙时，气又开始喘了起来。

莲无娘家可回。

莲想到过死，死会是一种什么样的滋味儿？一个从房梁上延伸下来的绳结吗？还是一碗掺了砒霜的糖水？

莲把这种想法说给庆听时，庆正摸着莲乌青的肩头。庆说，这家伙简直是变态，我简直就想阉了他。

莲长时间地看着庆的眼，沉默了好长一段时间说，你还不如杀了他。

莲这样说时，其实，并没有多想，只是口头上发泄了一下。等莲再一次看到庆的目光时，她看到冷漠、仇恨和不屑一顾的蔑视。

莲不知道，一个罪恶的种子已在庆的心头慢慢生根。

38

松找不到那封信，松明明记得是放在蒋捷的旧书里的。因为那本书里有他很喜欢的“流光容易把人抛，红了樱桃，绿了芭蕉”的句子。

屋里没有什么痕迹，显然没有被盗，但信怎么就不翼而飞了呢？

松在小婉的背影中疑虑，在蒋夫人时隐时现的笑容里狐疑。

蒋夫人说，她要去汴梁了，去办一件她早该办的事。蒋夫人意犹未尽，似乎话里有话。小婉低着头，只让沉默弥漫着，如这午后的阴云。

松是在午睡时开始做梦的。他梦到哥哥生病了，在床上翻来覆去地挣扎，然后，人不知怎么就变成稻草人，从胸部开始，一股火燃着了……他也看到了莲，看到了莲毫无血色的脸，正挥动着袖子在干嚎……

松是被急醒的。松看到窗外阴沉沉的，有树扭曲的枝干，有扬起的风沙，还有小婉刚洗过的衣服……

松将近有半月没见到哥哥了，每次走过那条街，他总是从旁边的小巷绕过去，不知为什么，他心头总泛着一种负罪感，尤其是在深夜里，他独自把玩莲的那个金簪时，这种感觉更为强烈。

小婉发现那个金簪依然在松的手里的那个夜晚，天真的下起了暴雨，花园里的积水在半个时辰内就溢出了花池。

小婉坐在窗口，默默地流了许多泪，小婉想，她的眼应该就是那两个小花池。

39

大郎是在半晌突然回家的。

庆很慌张，莲也是。慌乱中庆几乎穿错了裤子，莲紧张地收拾着凌乱的一切，但慌乱中还是疏忽了一点：扇子。

那是一把精致的折扇，上面有诗句，下面有玉坠，更要命的是还有“西门”这二字。

大郎本来不识字，但莲很紧张，鼻尖上都冒出了细汗。

大郎盯着她，大郎说，你紧张什么，这是谁的扇子，怎么会落在你的床上?

莲有些支吾，语塞。

大郎打开了扇子，大郎看到了诗句。大郎说这是西门庆的吧。

大郎其实是在推测，大郎不信恽哥的话，但恰在此时，他听到窗户外有东西落地的声音。

大郎看到他，他也看到大郎。

大郎愤怒了，大郎抄起那个栗木棒子追了出去。

莲披散着头发，平躺了下来，极度紧张后的松弛，使她的脑子像缺氧一般，她的身子也变得像泥一般。

寂静，长时间的寂静，寂静中甚至透着狰狞。大郎上楼了，莲闭上了眼睛，等待着，等待着一切。

什么也没发生，什么也没有，恍惚中，莲只听到了细细的抽泣声。

莲从来就没看到过大郎哭，这次他看到了，一缕光线斜照着大郎，大郎是那么的苍老，形同西街的一个要饭的乞丐。

40

莲是在醒来后发现自己被捆绑起来的。屋里除了酒臭味外，还有浓烈的烧焦味儿。大郎赤着身体，用那根栗木棒子细的一头，挑开她的胸衣。

莲知道暴风雨就要来了，莲咬着牙说，你杀了我吧。

大郎目无表情地看着她，一种报复的火焰，正熊熊燃烧着冲破他理智的大门。

没人知道发生了什么，或许什么也没发生，但莲是在第二天爬着下楼的，每一级楼梯上都有血，每一滴血都浇灌着仇恨的禾苗，谁也不知道那禾苗在莲的心头何时能长大，何时能死去。

大郎为莲抓药，宝儿煎，宝儿说潘婶娘怎么了，昨天还不是好好的吗？

莲拒绝喝，如此几次，宝儿就知道了底细，宝儿说，还是医好了身子要紧，看你虚弱得不成样子。

莲蓬头垢面，卷发如草，莲在铜镜里看到自己时突然哭了。莲哭后就开始吃药了，一天两碗，半月后就能下床了。

大郎依然早出晚归，莲又开始化妆了，无聊的时候，莲就对着窗了，看街上来来往往的人。莲想，这世界对她来说，已经是用旧过了的，连朝霞和夕阳看上去都像二手的，当初，还不如选择去翠红楼。

41

宝儿挑开帘子后，吓了一大跳，随即，就想退出去。

莲唤住了他，莲说，宝儿，我的肚兜儿，是你拿了吗？

宝儿低下了头，宝儿顺着下午不太耀眼的光线，一下子看到了莲的乳。

莲在洗澡。木桶中，水只没过了莲的肚脐。

莲是在下午发现自己的肚兜儿不见的。那是昨晚，莲恍惚中看到了一个影子，在晾衣绳旁不住地低头嗅着什么，莲开始注意那个身影时，那个身影已经消失了，莲知道那是谁，因为那个影子很高，绝对不是大郎的海拔。

莲并不想引诱他，但他闯进来后，莲的念头就改变了，莲觉得自己变得很恶毒，莲想让所有的男人为大郎戴上绿帽子，且不止一顶一次地戴。

莲裸着大真大美的身体从木桶里出来后，宝儿几乎快要晕厥了，宝儿只顾呆呆地发愣，莲走了过去，莲抓住了他的双手，莲把它们摊开了放在自己的双乳上，揉。莲说，你的手儿就是我的肚兜儿。

宝儿毫无经验，宝儿忽然胆怯了，就像叶公好龙，宝儿对莲丰满的双乳，还只停留在虚妄的性幻想里。

宝儿很快就结束了，宝儿在莲近似母性的爱抚中，只一会就交了个白卷逃学了，莲没失望，她只是觉得好玩，像妓女习惯了她该习惯的一切。

42

我应该是堕落了，云禅寺，我要来忏悔些什么?

我没有什么需要庇佑的，真的，我的生命，我的肉体，还有我的灵魂，都如草芥一般的卑贱，我甚至想过，在若干年的那个夜里，被我称之为母亲的那个偷情的女人，为什么要生下我?也许我本来就不应该属于这个世界，这个世界给了我什么?爱吗?家吗?还是耻辱?我什么也没有，甚至没有尊严，没有自由。

我恨所有的男人，包括我的父亲、张大户和公子秦，还有什么不恨的?我知道，我是扭曲的，但又是谁把我扭曲的，这现实，这非人的社会，还是这五常的纲条?

我疯了，是的，快疯了，谁又能看到我罗衣下的那颗心，那颗曾经为爱为美好生活跳动的心?如今它死了，变质了，发霉了，喂狗了，如今，一切都变了，变得那么不可把控，变得那么脆弱，变得那么暴戾，谁会来拯救我呢？

我跪下，观世音，我跪下，西王母，你们能洞彻我体内那颗挣扎的心吗？你们能接受我那伤痕累累的人生吗？这是一种罪，还是一种命？

我承受，算了，这肮脏的街道，这阴暗的人生，这有漏眼儿的日子，这戴枷锁的来生！

43

空竹大师在圆寂前，没有说一句话。

小沙弥只说一切都静悄悄的，像是夜里下了雪。武松知道，这肯定不可能，这分明是六月，哪来的雪可下？

武松是走到一个塔门口后，才留意它上面斑驳的字的，“永乐开元”，这不是信上字样吗，怎么会在这里出现？

武松问小沙弥，这是什么塔。小沙弥只是摇头，说，这里是禁地，一般很少来，听说塔门上的钥匙被盗了，石门很难打开。

那你师父进去过吗？武松问。

好像进去过，是去年，后来，就不知道了。小沙弥挠着光头，对穿官服的武松一点也不敢怠慢。

武松在缓慢的步履中思考着，忽然明白了些什么。武松又问，近来有什么异常的情况发生吗？比如，有人私自进入塔林吗？

好像有，是在一个夜里，黑衣人。小沙弥接着说，那晚下了很大的雨。

武松是在返回衙门的途中遇到王衙司的，他们小饮后，王衙司说，我今天才知道那个方十三为什么要造反，按理说，一个漆园主也算是富甲一方的，没必要造反，不过，听说他得了一个上天赐的符牒，听说是刻着“宋亡永乐”，所以，就造了反。

“宋亡永乐”，武松的眉头又皱了起来，武松在心里玩味着这四个字，这四个字与永乐开元会有什么联系？

武松把酒杯给王衙司斟满后，心不在焉地说，来，干。

44

天气很热，连葡萄藤都快晒蔫了。

大郎在挪动一些麻袋，不停地弯腰后继续弯腰。

在长时间的弯腰中，大郎感到了气闷。开始不觉得会怎么样，后来，大郎就不得不扶住墙了，但头晕还在进一步加剧，等天旋地转时，他的身子沿着墙，就倾斜了下去。

莲开始不知，等她知道时，大郎已经在地上躺了半个时辰，也就是说一个小时。

人是脆弱的，有时，几秒钟就能丧命，何况半个时辰呢？

莲起初以为大郎中风了，等千呼万唤始到来的郎中看了之后说不是，郎中说，心血过急，阴阳失调，吃几服药后再说吧。

莲跟着郎中去取药时，怎么在街头一转弯就看到庆了呢？庆悄悄地尾随着她，像盯梢，忽远忽近。莲知道，庆也明白莲知道。

一切秘而不宣，在一个偏僻的巷子里，终于有了动静。莲回头说，下午还去王干妈的茶馆吧。

庆答应，庆还想说些什么时，莲却一扭头，像一阵风一样消失了。

自那次跳窗而去后，庆一直想着莲，想着如果不是可恶的武大半路杀出来，那个下午肯定是美满，但这样也好，所谓，妻不如妾，妾不如偷，偷不如偷不着，不是吗？庆在某种渴望中一直验证着古人鲜活的智慧。

45

莲几乎是在不知情的状况下，就把一碗汤药和死亡送进了武大郎的最后一个下午。

大郎毫无戒备，等大郎感到不舒服时，一切已经晚了。

大郎喊莲，大郎喊宝儿，大郎挣扎了，但整个院子没有一个人，除了那只猫，除了铜镜里那挂在床头的莲的红肚兜儿外。

莲第二天看到大郎时，感到很恐怖。血。乌黑。撕扯被单握紧的手……这就是死亡的确切形状吗？莲心里想。

王婆见莲怵怵的样子，王婆就说，人死都是这样的，我那个老头就如此，合上他的眼睛，发丧吧。

莲颤巍巍地合上大郎的眼睛，王婆拉直了大郎的腿，一个生命就这样回到了最初的平静，莲甚至恍惚地想，大郎是睡着了。

那个下午，莲没坚持，莲想到大郎在她身上所施过的种种虐，莲的仇恨是被庆的叙述点燃的。庆说，像这样的男人不下地狱谁下地狱，他死后，我马上娶你过门，也就名正言顺了不是？

庆说这话时，莲满脑子空空的，如有一个人在门口徘徊着，是进还是退？莲最终还是在庆手指的力度中倒了下来，莲说，为爱，你能为我付出什么？

庆什么也不说，庆只顾舔着莲的乳尖，直至莲呻吟着，像食人花一样张开了自己湿黏黏的欲望。

莲拿着那些草药回家后，就交给了宝儿，莲和宝儿都不知道，庆已经把足以杀死三头猪的砒霜掺了进去，庆是开生药材铺子的，这东西他不用花钱。

46

我吃草莓，和几只蚊子搏斗。我发现我们人类远远不如蚊子灵巧。

客栈里几乎没有人，小二即是掌柜，老板娘就是厨子。我吃不惯那不咸不淡的口味儿，我只要了些牛肉和酒。

天太热了，密不透风，像一个刚刚出炉的炊饼。

我又想起了哥哥。

这几天不知怎么，总是做噩梦，两眼一个劲儿跳，到底出现了什么事情？梦到了母亲，也梦到了父亲，还有哥哥，他们怎么会在一起呢？那条通往武家寨的土路是那么的绵长，他们一个劲地在走，怎么一直走不到尽头？还有哥哥那泪水涟涟的脸……还有太多的细节，怎么梦一醒一切都消失了呢？

离开清河县有半个多月了，是的，半个月，半个月来我一直在忙碌，我知道我的忙碌毫无意义可言，这个垂暮将至的国家，这个机能涣散的政府，到处是造反或者说起义，到处是怨声载道、敢怒不敢言，这满目疮痍的国度，还有什么希望可言？

但我知道，一些该做的事情，还是要做的，就比如，这次去平谷县处理灾民的事儿，灾民可真叫苦，听说连树叶树皮都吃光了。唉，官府的赈济粮都到哪里去了？灾民到处跑，平谷县已经招架不住了，看来清河县早晚要管制起来，否则，社会秩序一定会乱套的，吕知县真有先见之明。

47

那种声音很细微。那种声音来自房顶。松一开始就不认为是猫，屏息听听更不像猫。松就抽出了枕头下的戒刀，那戒刀明晃晃的，闪烁着一种渴望饮血的锋利。

松小心地走到了窗前，外面漆黑漆黑的，松透过窗户隐隐约约能看到一个影子，那影子看起来很轻，如一张飘飞的纸片一样，松想看清楚时，它已飘进了房间。

松悄悄地走了出去，在一种莫名的好奇中，他潜到了房间的窗下。

那房间里竟然还有灯。

松屏着呼吸，松几乎看不清什么，松听到了一个再熟悉不过的声音。

那是小婉。

小婉披着黑纱，小婉正在脱身上的黑色夜行衣。小婉说师师姐，皇城司的人已经先动手了。

那个背影转了过来，那个背影在松的视线里露出了半拉脸，松在一阵阵视觉的疲劳中验证了自己的推测。

是的，那的确是蒋夫人，一个只裹着抹胸的女人。

松不知道小婉为什么叫蒋夫人师师姐，更不知道师师就是李师师，名扬天下的歌姬。松那时只知道这背后一定隐藏着什么，松就继续听了下去。

但小婉再也没说什么了，她只是以一种古怪的方式，向南做了一个类同于鞠躬的姿势，然后，就躺在了床上。

48

莲不害怕鬼，所有的鬼都是自己内心画的符。但自从大郎被那个叫做棺材的东西抬出去后，莲的这个念头就被打破了。

莲做过好梦，梦见庆骑着高头大马，十字披红，领着一支迎亲的队伍来娶她，前面有唢呐，滴滴答答地吹，似乎是百鸟朝凤的调调儿。

莲也做过噩梦，大郎站在她的床头，七窍流血，向她伸着索命的手，有几次，在深夜里莲就是这样被吓醒的。

莲请法师，想用巫术解决这一切。

那个法师很年轻，带了一满箱子的法器。那个法师在莲的楼上呆了一个下午零一个晚上，第二天，那个法师天刚亮就走了。

莲其实很心疼那五两银子。莲对庆说，只好了两天，就又开始做噩梦了。

莲说这话时，王婆也在身旁。王婆说金莲，这一段时间还是少往我这里跑，街坊邻居可是都看着你的，守寡要有守寡的样子，别穿得太艳了，小心武二郎回来找你们的事儿。

一介武夫，怕他作甚！连蒋捷都斗不过我。庆眼中有一丝不屑，如据堡迎敌，胸有成竹。

哪个蒋捷？那个梁山反贼？王婆用怀疑的眼光看着庆。

得意，必忘形。

庆似乎有些后悔，一时说漏了嘴，索性就说了起来。蒋捷是我除掉的，他的确是反贼，但不是私通梁山，是私通方腊。

前所未闻，王婆有些惊讶。王婆问，难道真是西门大官人设的计，为什么呀，他也没招惹你？

你知道吗，他的钱庄，算了，不说了，反正他已经死了。

庆说着说着又停止了，庆看到了莲的眼色，庆说王干娘，你还不去买茶叶，钱我都放到桌子上了。

49

一个黑衣人潜入了塔林后，接着另一个。

黑不是一团，不是一片，是整个大宋帝国的黑，是丞相蔡京的黑。

小沙弥想呼喊时，他的眼前一黑就失去了知觉。

显然，是有 3 个黑衣人潜入了塔林。

永乐塔还是被打开了。那两个人欣喜若狂，其中一个黑衣人说，符牒一定要安全地送回杭州，这可是义军的命根子。

第三个黑衣人在窥视。窥视不仅仅只是好奇，还有阴谋、占有和掠夺。

第三个黑衣人想，我升迁的机遇到了，一定要好好地把握，这可是朝廷督办的大案。

第三个黑衣人是在小树林里开始动手的，那影子出手很快，首先是暗器，接着是刀光……

那两个黑影先是一惊，随即拔出了剑。

厮杀其实只有一个结果，死或者生。每个人都想生，但必然会有人死。游戏的规则像硬币一样，只有正与反的两面，非此即彼。

第三个黑衣人砍伤第二个黑衣人后，第一个黑衣人一剑刺穿了他的喉咙。

草地上，除了血迹，除了尸体外，就是那个符牒了，那其实只是一个粗糙的木片，用蜡封着，用黄丝绸包着，那上面只刻着四个字：宋亡永乐。

50

松起得很晚。

松百思不得其解。小婉到底是什么人，还有蒋夫人，还有蒋捷？她们不是说要去汴梁吗？怎么会在这个小店里出现，况且，这也不是去汴梁的路呀！

还有皇城司的人，他们来这里干什么？难道是在秘密调查主簿的死？

松越想越不明白，松这样想着想着就到了中午。松最后想，还是赶快回清河县复差去吧，已经出来半个月了。

松回到清河县城的时候，已经是第二天下午了。松很疲惫，但松发现所有认识他的人都在主动地回避他。他感到十分纳闷时，就碰到了恽哥。

恽哥的叙述支离破碎的，当松听到哥哥已经在 10 天前去世的消息后，如雷轰顶，木呆呆地在街上立了好大一时辰。

松不能接受这个现实，就如同不能接受是莲把他哥哥毒死的说法一样。

谣言多半不是空穴来风，虽然，谣言会止于智者。

恽哥说，大郎在死之前说过，他总有一天要杀掉西门庆的。恽哥还说，街坊邻居谁不知道，只是没人给你说，没人管这个不落好的闲事。

松不信这一切，松不相信任何人。松说，我要自己查，水落，自然石出。

51

王婆是在中午时分看到武松和他的那把戒刀的。那把戒刀明晃晃的，带着鬼门关的邪气。

王婆的腿一软就跪下了。

王婆哆哆嗦嗦，王婆指着碧空万里的苍穹说，都是他们干的，与我无关。

松的泪水和仇恨是争着从眼眶里喷出来的。松想到了自己的梦境，想到了泪水涟涟的哥哥，松回手一刀，血就喷了出来……

松是在狮子楼的包厢里找到西门庆的，西门庆正在和一个只穿着抹胸的女人调笑，西门庆见状大声地斥责道，你干什么的。

武松没有说一句话，他一脚踢倒了屏风，把一个血乎乎的东西砸了过去。然后，大吼一声，西门庆，明年的今天，就是你这厮的祭日。

那血乎乎的东西正是王婆的头颅，等西门庆看清楚时，他感到自己的颈部有一股水在向外喷，他拼命想把它捂住，但只一会他就没感觉了，因为他的身子已被踢下了楼去，而头颅在武松的手里已和王婆的面对面了。

楼上有人开始尖叫，是那个只穿着抹胸的女人。接着是混乱，是恐慌，是店小二慌慌张张地报官，武松疯了……

而武松杀意正浓，提着两颗头颅，旁若无人地扬长而去。

52

门是被踹开的。

宝儿吓了一跳。几只觅食的芦花鸡惊作一团。

松径直上了楼。莲刚惊慌地从梳妆台前站起。莲看到了满身血迹的松，松也看到了一身素白的莲。

松放下了那两颗血乎乎的东西，松睁着血红的眼睛问，我哥哥是怎么死的？

莲没有回答，等莲看清楚了那两个东西后，脸色苍白地说，你都知道了还来问我什么。

松伸出了刀。莲没有一丝恐惧，莲说，松，还我的金簪，我上路要戴着它。

松停下了，他的手在哆嗦，他另一只手从怀里掏出了金簪。

阳光很充沛，照着镜子前的莲，莲轻轻地涂着胭脂、口红，当莲再一次站起时，松发现莲的发上并没有金簪，当莲慢慢倒下去的时候，松才发现莲的胸口红红的，有血沿着金簪汩汩地流着……

松发现自己的胸口和莲一样疼的时候，莲早已断气了，他的许多同事也已经在楼下了。松皱了皱眉头，手起刀落，砍下了莲的头颅。

松是从楼上把刀扔了下去的。楼下的人面面相觑。松走下了楼去，松说，不用麻烦各位兄弟了，我拜祭一下哥哥，烧完一炷香就跟你们走。

松知道，这一拜，可能就是永别了。

一把空了的椅子

渐暗的黄昏感染着伤神
一把空了的椅子
能触动什么
一千朵宁静压着此时
一万把寂寥雕刻着我

沉默是金
在我的唇边升起云朵
不，不要说
声音之内
会有一支利箭
把那些昂贵的东西刺破

那些日子，我们也沉默
相视，对坐
丰满的眼神
曾把夜胀破
那些日子云一般地远了
那些日子
只留下这把椅子
空着

如梦令

第一章

（霓裳/by ）

潮湿的花瓣或虚无

紧身的虚无像细细的雨丝一样缠绕着我，从机场出来，我一直没有打伞，“伞”和“散”是谐音的，我真的开始忌讳这个词了吗？

空洞的候机大厅，坚硬的框架结构，十二层水泥台阶，像十二个音符一样在脚下飘着，它是高跟鞋为我的悲伤完成的练习吗？

灰色的天空，灰色的田野，出租车、广告牌和低矮的树。这些毫无色泽的、道具似的景物，在我眼前一晃就能消逝吗？

消逝，消逝意味着什么？这锋利的词，在肢解着谁的神经？

音乐响着，音乐响着是因为太寂静了，是因为出租车司机知道他和我的谈话不能继续，我真的是伤心了吗？雨和泪，咸咸的，涩涩的，怎是一种滋味？

雨点，变大了，变稠了，雨点打在玻璃上，一种黏黏的感觉，像他潮湿的手，在暗夜里无数次地穿过我的黑发。

飞机腾空时，我没有掉泪，我只是站在候机厅宽大的玻璃前看着，远远地看着，一只鸟飞走了，一只鸟昨晚还裹着我的喘息，而今就这样飞走了。

蛇皮袋。 手机和口红， 一些零钱，和另一些零钱，出租车溅起的水花，下午落寞的形状，沿着一个轴心旋转着，像那台老式的唱机，像盘旋的楼梯延伸到天台。

我松开了旗袍的第一个扣子，那个扣子是他帮我锁在颈间的，那种痒痒的紧，以后还会有吗？一种暧昧的粗糙，仿佛是他的抚摩，镜子中还会有谁温柔的手？

音乐，光滑光滑的凉，像蛇腹。

烟，一股一股地上升，再上升，扩散，再扩散。

一切就这样归于平静吗，一切？一切就这样顺其自然吗，一切？

卫生间里很黑，水也很凉，我反复地洗着，从头到脚，泡沫是从我体内渗出的汁液，它苦，它甜，只有舌头里的味蕾才知道。

夜弥漫开了，湿漉漉的，有花瓣的形状。夜是我脸上的一层黑纱，它神秘，不确定。

回忆或陶吧

阳光斜斜地照了进来，阳光照着我的头发和裙子，阳光听着迪克牛仔的一首沧桑的歌，阳光里我没有流泪，阳光里我的手和一团新和的泥黏着。

偏僻的街道，落叶。一束光，穿透所有的事物，一切都是透明，包括我的心、灵魂和肉体。

有一段时间没有这样了，记得第一次是你带我来的，那个下午的阳光是暖暖的，有色泽的，像我裙子上的那朵暗花，它的开放是恣意的，暗含着一种难以言说的激情。

泥柔软着，像你的眼神，它曾溺毙了几许斑斓的夜色？机盘旋转着，像我的腰曾在你怀中，像舞池里的音乐形成的激情的涡流……

陶吧里没有一个人，除了我和一位白发的老者，音乐停下来的时候，我甚至能听到灰尘落下来的声音。老者在制作陶俑，开始的时候很模糊，后来渐渐地就成型了，它逼真，生动，像有生命似的。

我满手泥巴，站在老者的背后，我的影子很小很小，斜在案子上，案子上有泥，有各种的刀具，还有一个未成型的俑。

陶俑很难制，除了泥以外，还需要技艺和工具。我坐下来的时候，老者在微笑，老者给我一种慈父的感觉，那种感觉，在我生命的深处是稀有的，像肌肉内部的有氧呼吸。

你从来就没有制出一件像样的陶器，但你喜欢这样的氛围，你手的柔软像泥一样可及，你说我们离开泥土太久，我们终究要回到那里的。

夜在窗外盛开的时候，我们都感到累了，你用泥手摸了一下我的脸，然后，你笑了起来，你说，我可爱的小泥人，我们去看星星吧。

路上的行人很少，偶尔有车灯晃过，那刺眼的光能让我闭上眼睛吗？在短街的拐弯处，你突然吻了我，那是我期盼已久的还是猝不及防的？我迷离地承受着，也让你承受着一种轻度的挣扎，和攫取后的愉悦。

我开始独自完成陶俑了，那是你站在江边的姿势，风卷起你的头发，风涨起你衬衫的一侧，你说冷吗，那温暖的词，带着你嘴唇的温度吗？我微醺着，一江灯火，闪烁着谁颤抖的心？

老者出神地望着我，老者说，所有的泥都是有生命的，所有的生命都是泥。

光线很强，光线照着老者的白发，有一刻，我能感觉他像幻化的人物一样若有若无，但他是真实的，像我手中的陶俑。

风刮着我的裙摆，很孤单的样子，我在人行道上走着，我像我记忆中的稻草人一样飘着，陌生的人群中，我忽然感到我只是一个人的，这偌大的城市，几乎跟我一点关系也没有。

网或39℃

手机在充电，但我仍然没有关，我是在等他的电话吗？他的声音甜甜的，还会有薄荷的味道吗？

ICQ戴着深蓝的面具，跳上了屏幕，他的图标仍然灰着，我有些失望，淡淡地弥漫着一种无聊，那种无聊是烟是雾，是成人童话破灭后的一种回味吗?

没有人能拯救我，伤感是一种都市的流行病，它只有一个人，在落寞时才发作的。

我熟悉的那个虚拟社区，不知道怎么被黑了，世界到处都充满了恐怖和暴力，网络也许真是人类精神生活的缩影，它太直接了，几乎让我感到了世界的某种不协调性。

后半夜，窗外起风了，我起来到阳台上收衣服时，才发现头有些发烧了，满身的疲倦和无力，从十字箱里取出体温计，夹在腋窝，便又爬上了床。

接近 39℃的体温让我感到吃惊，从饮水机里倒了一杯凉水后，我吞下了两粒白加黑。我赤脚在冰凉的地板上来回走动着，床前的台灯暗黄暗黄的，它趋向于睡眠的颜色，但我却睡不下。

我打开了唱机，把音量调到最小，田震那沙哑的歌喉，又醇醇地弥漫开来了，它在我的耳膜里，像一层薄薄的丝绸一样摊开了，音乐是可以疗身的、疗神的。对于我来说，它也许是最直接的药。

湿漉漉的黎明，像舌头一样伸进了我的窗台，雨不知何时已开始下了，滴滴答答的，打着空调上面的白铁皮，让我感到了一种孤单的力量。

上午的医院并不冷清，我在门诊上挂号时足足等了 15 分钟，幸亏让人恐怖的“非典”过去了，那专门为发烧设置的门诊，还在雨水中醒目着一种过时的战栗。

疼痛，针，手。悬着的葡萄糖水，注满了鱼腥草的黄。我平躺在输液床上，床上的被单虽然看起来很白，但总有不洁的感觉，总有赶快输完后逃离的念头。

有毒的激情或诗

冗长的一堂课终于结束了，你合上了笔记本电脑，学员的年龄大部分比你大，你站在讲台的中央，素白素白的裙子，像一朵巨大的喇叭花。

主办单位是个规模很大的养生堂，你是以一种养颜产品的地区代理的身份前来开课的，你在大学学的是生物，这一切对你来说，简直就是易如反掌。

夜色斑斓，你沿着鹅卵石小路向前走着，风微微地翻卷着你的长裙和头发，一种凉爽在被你感知之前，已化为惬意弥漫在你周身了。

街上熙熙攘攘的，有车有人还有尾气，逆着车灯，你能看到空气中飘起的灰尘，路边到处是卖廉价商品的地摊，内衣短裤花花绿绿地飘着，让你想到了欧洲某些小国家的国旗。

从小摊前走过，你什么也没有买，也没有什么可买的，你看到小摊主的笑容，那殷勤的满是皱纹的笑容，你忽然想到了作为一种角色的不易。

桥是铁桥，颤巍巍的，走上去有一种危险的感觉，行人不少，路灯下，你听不到桥下河水的流动，你听到的只是陌生人的欢笑，他们的笑会有多美，开在你孤寂的心中？

河岸被照亮了，你看到了远处，那高层上的紫色射灯，那射灯是来自于你住的饭店吗？你并不想思考过多，只要有光就行了，那光线掠过的树丛中，你清晰地看到了那些情侣们的亲吻，那是你在他怀中惯有的姿势吗？

你像受了伤似的回到了宾馆，走廊的悠长，地毯的软，你高跟鞋上的疲惫，来自你的内心还是酸痛的小腿？

开门的小姐，红旗袍张开的弧度，你进屋后没有开灯的黑，那是寂寞更深地在你内心荡起的涟漪吗？你自己也说不清，你斜躺在柔软的床上，手触到了台灯的开关，开是不开，似乎成为一种未知，就捏在你的手中。

你开始脱衣服了，裙子，上衣，吊袜带，和乳罩的背钩，那不连贯的在黑暗中的动作，是你打开你僵涩的肉体的开关吗？

赤脚。门。防滑的瓷片。卫生间里换气扇的响，你拧开了花洒，水的凉，休止符一样爬满全身的醒。

诗和湿，它们的谐音，让你感到了毛巾的粗糙，和内心陡然升起的激情，你迅速返回到了床上，那头发的乱，是你内心呈现的那种思吗？

你没有打开笔记本，开机太漫长了，你找到了笔和纸，你开始写起来了，你好久没有用过自己的人脑了，就像你好久没有秘密地用过你的身体一样，

锈斑会有的，那些停顿，那些堵塞，但你最终会克服一切的，像这处女一样洁白的纸，和末了这满满的字迹。

带耳朵的中巴或旅行

你看到了那辆豪华的中巴车了，那车的倒车镜向外张着，很像一对敞开的耳朵。

你的联想富于幻想，在上路前，你甚至想为自己插上翅膀，让寂寞的旅途缩短到一个点上，你想象中的中原会是什么样子？尚武的少林寺，会像电影中描述的一样吗？

导游的笑容很甜，像菊花精，你不知道是怎么想到这个

词的，也许是因为上火的缘故吧，在下火车的时候，你特意地拐进了一个商场，花了十五元买了一大袋。

学员们对你很客气，但你还是谢绝了所有的饮料，你说上火了，喝菊花精，你的水壶就斜挎在你的腰间，那精美的外形，在远处看上去更像是一种饰物。

这次旅行是出乎预料的，或者说是一种附加值，你本来不想出来，但最终还是出来了，也许旅行会减淡些什么，把一些东西忘记，你弄不清自己是在逃避，还是在掩耳盗铃。

仍然没有他的消息，已经有半月了吧，手机是何时没有信号的？真的是进山了呀，你把目光移到了窗外，那连绵不断的山，怎么就跑到眼前？

颠簸后的颠簸，左拐后的右拐，车终于停了下来，你听到钟声了吗，夹杂在那诸多导游的扩音器中？

破败的古刹，繁荣中的荒凉，那顶礼膜拜的香客，他们双手合十，在虔诚地祈祷着什么？

你跪了下来，你也要祈祷什么吗？在法器的声响中，你看到了老僧人满脸的皱纹，那皱纹是你所感受到的内心的苍老吗？

林子幽深，溪水清凉，你一个人悄悄坐着，你脱掉了长筒丝袜，你的脚触到了水，鹅卵石很硌脚，你静下心，就能看到上面的绿苔，和水中的小鱼，它们是那么的自由，像你呼吸的空气，像你抬头望见的流云……

你是多么想变成一块石头哇！永远地这样待下去，但你最终还是穿好了丝袜，你永远逃不脱你无法认领的现实，现实就是大巴车若隐若现的影子，和半个小时的自由活动时间。

在返回的途中，你忽然看到了满山的野花，黄黄的，还有一群散飞的鸟，你关掉了mp3，你想听，隔着汽车的喇叭声，你能听到什么？你自己的心跳，还是那鸟儿凌空时的鸣叫？

颠簸中，暮色渐渐围拢你的眼帘，暮色很浓，浓得化不开的时候，就变成了漆黑的夜。郑州还是到来了，郑州，万家灯火中，有哪盏灯是为你点亮的？

夜有丝绸一样的皮肤

夜有丝绸一样的皮肤，像玫瑰，像婴儿的嘴唇。

这是形而上的、你无法捕捉的情思，常常暧昧的一闪，就消失了，当你解开吊袜带，从衣饰中褪出自己时，一种柔软就抵达了你，它像烟它像雾，或者更像这蓬头里的水，细细地密织在了你身上。

你不知道在渴望什么，但总在渴望，像一朵喇叭花，总张着瓣儿等待着露珠。夜来香不知道什么时候开了，一屋的香气弥漫着。

躺在亚麻被单上，开着橘红色的壁灯，一种很朦胧的情调是你喜欢的，你喜欢在这样的氛围中入眠，似梦非梦的致幻，像吸毒。

红苹果，红苹果，散发着醇香的红苹果，你是那个放在桌子上的红苹果吗？你忽然又想起了他，他那有力的手，那抱起你的吃力，以及上楼后的粗重的喘息。

夜在进一步地弥漫，像空气中浮动的暗尘，梦也许是一条船，从枕头开始，它要把你带到哪个梦乡？

夜是什么？大针头，蝴蝶，美丽的标本吗？

失眠，近乎甜美的失眠，带着玫瑰色的失眠，你的失眠总带有一种无法抑制的欲望，你在沼泽中越陷越深，你在无法自拔中颤抖着，镜中是谁的手在抚摩？那痉挛的带电的触摸，像鸟一样掠过了谁的心？你捻动着自己石榴籽一样的乳尖，那带有自虐性的疼痛，会来自谁暴力的手？汗水沿着乳沟就这样浇灌着你的呻吟，像蛇，你觉得自己游在水里，你不知道哪里是岸。

月光白白地照了进来，你在一片疲惫中躺着，你听到一只蚊子在飞，那声音像极小的钻头一样，钻破了你周遭的寂静。

好久没有看到这样的月色了，你起身，披上了紫色的睡袍，你走到了窗前，如银的月光就这样照着了你。

你有一丝淡淡的伤感，眸间闪烁的会是你的泪吗？你望着窗外那颗美丽的星辰，月色中你是显得那么的苍白和无助。

午夜的向日葵

我坐在无靠背的钢管椅子上，喝那种能荡起寂寞的琥珀色液体。周围乱糟糟的，那不属于我的领地，我的领地只属于我喝酒时的冥想，以及舞池里凌乱的脚步为我做成的背景。

我好久没来这里了，好久，就是你走后的一个月零三天。

我是在 22 点的时候，才打算来这个酒吧的。这个酒吧就在悬铃木浓密的纬二路，一个很隐蔽的角落里。

我涂暗蓝的眼彩，发髻上别小小的葵花，那葵花是塑料的，带有很强的装饰效果，我知道这是你喜欢的，你喜欢的也是我喜欢的，我们有很强的趋同性，如同一类虫子趋同一种光。

可今晚，我是一个人。

舞曲开始的时候，很缠绵，状如柳絮的情愫飘在我的意识中，等我收敛起我的醉意时，那个陌生的男人还像口香糖一样粘着我。

我喜欢他长长的头发，以及钉着亮闪闪耳钉的耳朵，他的脸是瘦削的，有几分英俊，皮肤白得像纸一样，胡子连着下巴，给人一种别具一格的感觉。

他的舞姿很标准，很绅士的样子，让我一下子进入了角色，我的一只手被他轻轻地挽着，而另一只搭在了他的肩头，他的手很柔软，也很有度，礼貌地贴着我的后腰，我尽量地在他臂膀里灵活地转动着，像一只上下翻飞的燕子。

你的舞跳得很不错，再放开一点。迪士高舞曲开始的时候，整个舞池都沸腾了，他忽然贴着我的耳朵说。

我跟随着节奏，摆动着腰肢，不停地旋转着脚尖，近乎张狂地舞动着，而他却一直近距离地看着我，让我不得不把目光绕过他那浓密的黑发，落到一个涂着紫色唇膏的女人身上。

在卫生间的镜子前，我不停地打量着自己，我满身的汗水，脸色潮红，兴奋还在劫持着我的空虚，兴奋中，我看到了头上的那朵小葵花，它依然在幽暗的灯光下闪着一簇的黄。

后半夜的街景是冷清的，宽大的马路像一条河道一样静默，只有偶尔飞驰而过的车辆，才能溅起一阵声音的浪花。

他开敞篷的吉普车。

他的车速很高，他和另一个飙车时，我几乎都快吐出来了，但我觉得刺激，如大二时在游戏厅里玩模拟赛车。

我是在车停下来后开始失态的。车戛然而止前，我已向外丢了两听可口可乐，那可乐坠地时发出的声音闷而响，那声音让我的破坏欲极度地膨胀着，如要打破什么，终于有了勇气。

楼梯复楼梯。他住的地方很高，高得让我觉得伸手就可以摘到星辰。

我脱掉了那双红色的高跟鞋了，我赤着脚，我站在天台上想拥抱月亮，那月亮有着突兀的大真和大美，那月亮几乎让我失控。

第二章

（飞天 /by ）

城市森林

我有许多梦，但那些梦最终都消失了，像肥皂泡在空气里的炸裂。我酷爱艺术，但从来就不读艺术类的书，直到有一天，我在新浪的博客上看到霓裳的诗。

霓裳显然是个笔名，而在这个不俗的笔名之后，肯定埋伏着一个灵性的江南女子。这是我最初的猜测。

事实也正是如此。

霓裳是成都人。她有高挑的身材，羊脂瓶般的曲线，她还有流莺一般的声音，和极其脆弱的敏感。

我们在 ICQ 里开始聊天时，内容漫无边际，渐渐地，我们开始聊梵高、王尔德和海子了，当进一步聊起芬·马六明和蔡国强时，我知道裸泳于商业的我，自认为很前卫的我落伍了。

我恶补这些所谓的行为艺术、装置艺术是在一个叫暗地婴儿的网站，当然，再和霓裳聊天时，我就觉得我和她对称了匹配了，而霓裳也时不时会说，你到底是不是一个商人，怎么对艺术这么了解？

我是个商人吗？的确，毫无疑问，我是。

这个肯定的回答，连我自己也失望过。但失望之余又能怎么着呢？在城市这个钢筋混凝土的森林里，又有谁能逃离商业这如泥潭一样的沼泽呢？

我毕业于一个并不著名的理工学校，在步入商业之途前，曾是一个小小的公务员，我发现我并不适应一个类似于收费性的职业后，我就像飞速绕着地球旋转的人造卫星一样，逸出了公有制的大门。

我最先做的是销售员，就是拿着喇叭，站在德化街吆喝的那种，后来，老板朱胖子彻底发了，用了6000万拿下了整个产品的代理权，我也就跟着飞黄腾达了。

我名片上印的职务是雅丽姐销售公司的营销总监，其实，在这个由朱胖子诸多亲戚组建的公司里，我只是一个外来人，虽然比那些空降的职业经理人的处境好一些，但捉襟见肘的事情还是会经常地发生。

我有时头疼于这种利益牵制，这种牵制像线团一样无序，但在中国，又有哪个公司不是如此呢？

我第一次见到霓裳的那个下午，就是在一个纠缠了许多内部问题的会议之后，我想彻底放松时，那个下午，霓裳穿着胸部有许多皱褶的、素白素白的连衣裙，在哥德咖啡馆的二楼，她就像一团光焰一样照亮了整个楼层的幽暗。

我把头伸了过去。我小声地说霓裳，你准备好了吗?

霓裳在换衣服，霓裳做了一个鬼脸。霓裳说，让我做你们公司的模特儿真是便宜你们了，我要收费的。

霓裳款步出来后，我和朱胖子几乎都惊呆了。朱胖子小声地对我说，你在哪里找的模特儿?

一种美像力在贯彻我，从头到脚，那种力，有着自由落体的加速度。

霓裳是被我邀请来，作为后备力量的。霓裳上妆后很艳，但目光清清澈澈的，如有鱼在里面游。

小型的T台是由几张办公桌临时拼凑的，观众只有摄影师、朱胖子和我。

仰视的角度，使我一眼就看到了霓裳修长修长的腿、饱满的臀以及那裸露的肚脐眼上琥珀形的饰品。

霓裳走规范的猫步，她在转身微笑时，两颊露出的酒窝儿，几乎让我感到了那是一树梨花在争先恐后地盛开。

晚上，是朱胖子请客，去海底捞。本想是霓裳的家乡菜，她该很喜欢，不料，霓裳吃了一半就有了走的意思。

霓裳说，她有点累了。

从南大街拐到紫荆山路后，车走走停停。霓裳一直没说话，等到了61号公馆时，霓裳忽然说，陪陪我吧，今天我生日。

我买蛋糕、巧克力和一大束的玫瑰花。我不知道说什么好。

在多少次自己的生日里，我不也是这样一个人度过的吗？谁又没有尝过那万念俱灰的孤独直穿心底的滋味儿？

霓裳住61号公馆的D座，是只有42平方米的公寓式酒店。里面有厨房，有卫生间，还有小客厅。

壁灯很暖，橘黄橘黄的，我们吃蛋糕，喝酒，趁着几分夜的暖昧和唱片里流淌出来的金属。

霓裳说，这是她的阴历生日，没人会记得的。

霓裳是个孤儿，霓裳说她从没见过父母，打记事起她就知道自己是生活在福利院的，那里的孩子，只有她一个不是残疾。

霓裳一直想当老师，后来师范学院毕业后，她就真去当了。

霓裳从学校老师到一家化妆品公司的培训师，这之间只隔着一道钱的墙，霓裳打通这道墙时，只想着福利院的那些孩子，等潘多拉盒子打开后，她就落到现实的陷阱。

蓝色的ICQ

我好久没上网了。

我把我隐身起来，但我还是露出了尾巴。霓裳说，她快要离开郑州了，她下一个区域是湖北武汉。

霓裳没有给我打过电话，自从那晚我喝醉了，说我爱上了她。

霓裳开始的时候，直直看着我，然后，她突然哭了，我不知道她是感动还是委屈。霓裳自始至终没说，我也不敢妄加猜测。猜测往往会适得其反的，灵性的女人比彩票号码都难以琢磨。

我退却，冷静，再冷静。

我逃离时，霓裳屋子里的灯一直亮着，它很刺眼，像一盏闪烁的警灯……

我又萎缩进了自己的世界，我的世界，除了加盟扩张之外，就是马不停蹄地全国各地跑。

当宣传画册印出后的第二天，朱胖子看着画册上霓裳那裸露的小蛮腰时忽然对我说，你找的那个模特儿呢？她还在郑州吗？

我没有主动给霓裳打电话，直到在ICQ里遇到她。

霓裳真的要离开郑州了，霓裳说她在离开之前想去看看三苏祠，听说那个地方在郏县。

霓裳说到这里时，ICQ好长时间都没有反应，我知道，她是在等我的回话，我犹豫了一会，还是敲着键盘，输入了“我可以陪你去”的字样。

是的，虽然我出生在郏县，但对于故乡这座小城，却知之甚少，除了知道毛泽东为这片土地提过“广阔天地，大有所为”的豪言壮语外，就剩下所谓的三苏祠了。

三苏祠位于郏县的北部小峨眉山之下，是广元寺遗址所在地，也是大诗人苏东坡最后的栖息地。

那天晚上，霓裳的输入速度很慢，后来才知道，她的笔记本又中毒了，整个系统处于崩溃的状态。等我在深夜带着公司的瑞星杀毒盘赶过去的时候，她惺忪着睡眼说，你再不来我就要睡觉了。

霓裳的房间里有一股淡淡的香味，那香味一进鼻子就让我沉醉了，我知道，那是我喜欢的郁金香。

她安静地在你的房间里走动，赤着脚。她不想惊动你，但最终你还是在她的抚摸中醒来。她的指甲很长，当它们划过你瘦削的脸颊时，她会故意把你弄疼，她说飞天猪仔，不准睡，在我睡之前。

她给你唱很动听的儿歌，起初，你觉得好玩，等渐渐习惯了，你才知道，男人似乎都有点恋母情结。

她会做很好吃的菜，四川菜，那菜带着麻辣味，吃下去，从嘴一直麻到肠子。

她偶尔也伤感，看韩剧，为女主人公落泪，让自己抽那种细细的、有一种薄荷味的爱喜烟。

她的情欲致密，像魔鬼被关在所罗门的瓶子里，偶尔被你打开时，她会像一团烟一样把你死死地缠绕。

她给你的生活带来了不同的颜色，在暗夜里，她姹紫嫣红，惊蝶动蜂；在白昼里，她素衣裹体，神色中性。

你不知厌倦，与其说是恋上性，不如说是恋上床，你喜欢和她静静地躺着，摸着她光裸的皮肤，甚至什么也不做，就这样躺着。

你忽然明白了米兰·昆德拉的那句话，与女人做爱和与女人睡觉，其实是截然不同的事。

你喜欢和女人睡觉，18 岁时，那年暑假，你和一个外语老师睡了一个下午。

那个下午，一直像幻觉一样绕着你，那个下午，女老师解开蕾丝乳罩时，你第一次感到那种男女之间的、窒息般的晕眩。

她也曾经使你晕眩过，那是个近乎透明的夜晚，有近乎透明的月亮，还有她近乎透明的目光，你在她旗袍的开衩处终于摸到了那松开的吊袜带……

她没有防线，那个夜晚，她的矜持早已被酒精泡软。她盛开时很旺盛，她脱旗袍时，宛若蛇蜕皮，那旗袍上密密的有许多扣子，在暗蓝的夜里，犹如一枚枚将开的花蕾。

有紫色牵牛花的下午

透过稀疏的古柏，阳光细细密密地照了过来，阳光下有霓裳孤单的影子、牵牛花和几只飞翔的七星瓢虫。

霓裳累了，霓裳的高跟鞋上荡满了尘土，霓裳几次弯腰揉着她的脚脖。霓裳说，这里的确太偏僻了。

我们是在中午时分，悄无声息地抵达三苏坟的。

田野辽阔，苍穹碧绿，远处是清晰的山，是郁郁葱葱的树，近处是庄稼，是一望无际的玉米地。碎石小路蜿蜒如蛇，匍匐在脚下。

广元寺破烂不堪，有残垣横出，有翠竹迎风摇摆，有石马石人若偶若俑，而寺后的三苏墓冢，更是清寂如荒，宛若病妇头上的一朵白花。

尘土四飞，门庭衰败，偌大的墓冢前没有一个人，除了半米多高的蒿草外，就是成群的野鸟了，它们觅食，盘飞，等我们进去时，就惊飞成了一片。

鞠躬，却没有上香，霓裳奉上一束刚刚采来的野花，那野花在阳光下闪烁着淡淡的黄，让整个中午有了几分肃静和祥和。

从坟院出来后，我们没有马上回到车上，而是沿着一条土路一直向前走着。霓裳说，看那田间的玉米，多么茁壮哪，它们来自宋代或元代，连它们自己也不清楚。

我没有说话，不时地有蜻蜓和蝴蝶在身旁翻飞着，静谧中除了蝉鸣外，一切都是缄默的，仿佛是为了我们的到来有了事先的约定。

小路的尽头是一汪碧绿的潭水，在潭水的周围开满了许多不知名的花，有鸟儿在水边叽叽喳喳叫，它们一边喝水，一边和同伴嬉语。

霓裳脱下了高跟鞋，小心地走下了潭沟。霓裳的眼中闪烁出一种兴奋，这与刚才在墓园里的情绪完全相反。霓裳说，你不喜欢水吗？快拉着我的手。

不知为什么，对于眼前这如碧玉的潭水，我几乎是无动于衷的。与其说是迟钝，倒不如说是感伤，我的童年是在乡村度过的，像这样的潭水，在上个世纪七八十年代，不是到处都是吗？如今，在后工业文明的摧残下，还有哪块净土是所谓的人类诗意的居所？

和霓裳回到车里时，我的手机响了，是朱胖子的。朱胖子说，我决定了，还是参加服装博览会的好。

这个优柔寡断的死胖子，我几乎快晕了，只有一个礼拜，叫我该怎么去准备？车上京珠高速时，我还一直皱着眉头，霓裳说，怎么了，飞天，公司有急事吗？

我没有说话，但点头默认了，我迷迷糊糊地和那辆破旧的尼桑狂奔着，直到我听见“咔嚓”的一声……

医院或者疼痛

是疼痛让我醒来的。

没有血，霓裳握着我的手。霓裳说，你终于醒了。霓裳的头发很乱，在明亮的白炽灯里，还埋伏着许多人的影子，有阿美、朱胖子和钱小豪。

是在医院里，是的。这是我的第一感觉。我说，你怎么样，霓裳？

霓裳哭了，霓裳的旗袍上有很大一片血。霓裳说没事，她一直清醒着，只擦伤了胳膊。

朱胖子看着我，朱胖子说，安心养伤吧，其他什么事都不要操心了，先让小豪管着吧，阿美留下，让霓裳小姐也休息一下。

所有的人散去后，我又昏睡了，等我再次醒来时，已经是第二天的上午了。

大约是 10 点钟的样子，我开始感到疼痛了。疼痛让我再一次记起，我是在医院，我是出了车祸。

车祸来临之前几乎毫无预兆。我只觉得车子像是被什么推了一下，就飘了出去，第一声是隔离带的护栏，接着是车体触地的声音和玻璃碎裂的声音，再接着就是软软的东西抵住了我的身子，我的意识就这样模糊起来了。

而在霓裳的叙述中，这一过程相当恐怖，她说，她当时以为自己要死了，车冲下高速公路的护坡有 5 米之远，车头触地时发出的声音，类似于一种机械撕裂……等她从车里爬出来时，她觉得一切都是恍惚的，天旋地又转的，当她把我从车里弄出来时，到处是血……

我现在已无法回忆这些了，我盯着输液管，我看着那些液体一滴一滴地落下，我看着护士小姐不停在我身旁忙碌着，我知道，我是应该彻底地休息了。

阿美就坐在我的身边，她在削苹果，她的鼻尖有汗，细细密密的，阿美没开空调。阿美说，哪怕热着，也不能受凉。

阿美把苹果削成几片。阿美说，还疼吗？苹果削好了。

我并不想吃苹果，但看阿美把苹果削成了一片一片的，就张开了嘴。

阿美很小心地用刀尖把苹果片递到了我嘴里，在这一过程中，我注意到阿美头发的垂度很好，像瀑布一样在我身旁近距离地晃动着。

阿美是我的助理，当我在人头攒动的人才市场第一眼看到她时，我的眼睛就为之一亮，她那浓密的睫毛，杏仁一般的眼睛，几乎就像两件暗器一样击中了我，等她细致而又认真地填完所有的表格，并又回头检查时，我就毫不犹豫地把她招进了公司，因为，在人才市场这样嘈杂的环境里，有几个人还能再回头检查一下表格？

细节，其实真的决定成败。

迁徙的候鸟

这是9月的一天，晴朗，这样的日子，只有太阳出来后，屋子里才不显得幽暗。

霓裳依然睡着。酒精还在她体内作用着，酒精有时就是一味药，它苦到极点一切都会醉的，醉得失去知觉。

整理好的行李箱还在卧室的地板上，它是真皮的，它黝黑发亮，在黎明的光线里，它是一个句号吗？你们美好日子的句号吗？

你醒着，或者说，你一直就没睡，在长久的思虑中，你的脑子一直僵僵的，它曾经是一匹脱缰的野马，在意识的深处狂奔着，如今，它累了，它累得如一个逗点，找不到一个句子停顿。

霓裳翻过了身，她的手又摸到了你的胸，在整个过程中你拥着她，你的唇吻着她白净的额，她的头发很乱，她的身子温热，她呓语，在呓语中你再次听到了你的名字……

你想拥有现在拥有的一切，但拥有到底意味着什么？肉体、欲望和性吗？你就这样让她走吗？带着昨晚的温度和喘息？她就要走了，是的，走了，像只候鸟一样要飞了，你所拥有的和曾经拥有的，就这样消逝了吗？化为灰烬了吗？

你痛苦，内心痉挛般地抽搐，像壁虎被咬断尾巴的一瞬，你还能再生出些什么？

她醒了。她看到了你眼角的泪。她用舌尖慢慢地舔。那泪很涩很咸，别有滋味。她说，我离开了，你还会记得起我吗？

你没说话，你看着她。你用手轻轻地拨弄她的头发，你觉得这一刻是美好的，美好得如同窗外灿烂的阳光。

你又记起了那个在石人山的下午，那个下午，天空明亮，临近傍晚，晚霞燃烧着，却不像火，外面到处是青翠的树木，叶子像被雨水刚刚洗过一样，你们静静地坐在一个农家旅馆里，那旅馆很小，透过纱窗你能看到院子里的芦花鸡在土里刨食儿……

她喜欢这样的田园生活，她说要是一辈子这样该多好，有山有水，还有你。你笑了，你在抽烟。你觉得她十分的灿烂可爱，像一个十足的孩子。你是从后边抱着她的，你吻她的脖子，隔着纱衣抚摸她的腰，在很长的时间里，你不知道时间在消逝，你不知道天边的晚霞浸染层林，你更不知道她的心儿已醉，醉成了一片迷糊。

你从柔软的记忆里触及到现实的暗礁时，霓裳已经起床了，霓裳穿戴整齐，一身的 OL 裙装，霓裳说，该起床了，不是要送我走吗？

第三章

（阿美 /by）

我叫阿美

楼梯上有大量的阳光，它悬空的部分被爬墙藤缠着，而另一部分残缺着，被铸铁和槽钢所代替，有好几次，在下雨的时候，我几乎都快摔倒了，我不止一次地提醒过姑妈，但姑妈就是不理会我的提醒，以至于最终让她的婆婆摔了下去。说起那个老婆婆，她还是挺好的一个人，她很喜欢我去她的屋，她太孤独了，只想有人陪她说说话。这也许是姑妈让我住在这里的原因。

姑妈不和我们一起住，姑妈和姑父住在西郊的紫竹园，而我则和姑妈的婆婆住在一个都市村庄里，那里有一幢 7 层楼都是姑父家的，姑父的家就是那个村庄的坐地户。

姑妈的婆婆是一个很精明的女人。她有洁癖，但还养猫，以前是小学老师，却不怎么喜欢小孩子。她说，她喜欢安静，喜欢读海涅和普希金的诗，这曾令我大吃一惊，等我们彼此熟悉了以后，我才知道她何止是喜欢普希金，而且还喜欢叶芝、聂鲁达等诗人，她甚至能用很标准的普通话背诵《当你老了》。

在白天的时候，我一般很少回家，一方面是因为工作很忙，更重要的一方面是我讨厌都市村庄的那无序喧闹和凌乱；在晚上的时候，我不得不回到那里，在这个城市里，我的朋友其实很少，可以说是没有。

我很少看电视，电视是在客厅的一角放置的，那天我很累，回家后就想洗澡，由于姑妈的婆婆摔了一跤，一直在住院，偌大的房间里只有我一人，我进屋后就脱掉了高跟鞋，歪在了沙发上，看起了韩剧。

我是在听到手机响的时候，才朦朦胧胧醒过来的，电视里那个女主角还在流泪，我看了一下来电显示，是余勉的，就赶快拨了回去。

余勉是我们公司的销售总监，我的顶头上司。

电话里余勉的声音很小，嘈杂繁乱，余勉说，记得一个小时后给我电话，我需要借口离开，等一会打电话时声音要大，要有河东狮吼的阵势。

我知道，余勉又开始要我帮他演戏了。余勉的应酬很多，有些碍于面子，无法推脱，只有采取这样的办法。

我第一次帮他做这种事情时觉得很好玩。等多次后才知道，所谓男人就是死要面子活受罪的人，有些不必要的应酬婉言谢绝算了，干吗如此累人？

我是在午夜 12 点整开始我的表演的，我知道我的表演很奏效，我能想象到，在我咆哮的电话声里，余勉略带歉意地起身和大家告别，说女朋友已经雷霆大怒了，他得赶快回去，不信你们听听电话，今晚不知她吃错什么药了。

戴梦的早晨

我又做梦了。

那梦开始很小，像一个斑点，接着那斑点就有了尾巴，等那个斑点旋转起来了，就形成了许多抛物线，那些抛物线起初很清晰，慢慢地它们就缠绕住了我，我什么也没穿，在一个充满网状的织物中挣扎着，直至天空突然裂开一个口子，一只豹子突兀地向我飞来……

我醒了，一身的细汗，那汗几乎弄湿了我的亚麻被单。我睁开眼睛，长久地盯着天花板上的一个斑点，那斑点是我梦中的斑点吗？那带有幻觉的意识是何时被早晨灿烂的阳光终止的？

我们的思绪是多么的脆弱呀，还有我们的梦境，一根针一样的光线就能把一切刺穿，那些簇拥的事物怎么就一哄而上地占有了我们的目光？那低垂的窗帘，那高挂的艺毯，那昨晚散放的衣服……

我醒了，我知道今天是星期天，当我化完淡妆时，我才意识到这一点的。我于是又想回到床上，但望着外面灿烂的阳光，最终还是决定下楼了。

街道唯有此刻是寂静的，人影稀疏，车辆近无。我穿过小巷，只花了 10 分钟就走到了河堤，而河堤上的人却已很多了，远远望去，像一个农贸市场。我知道他们和我一样是来寻找健康的，而我自从到雅丽姮公司上班以来，似乎很少来这里了。

雅丽姐销售公司其实就是朱胖子的公司，我讨厌那里错综复杂的人际关系，更讨厌朱胖子那种家族式的管理，在公司的诸多问题上，看似是民主，开会表决什么的，其实就是一言堂，走了个形式而已，还有那个天天换衣服、涂得像妖精的李倩……我每次想到这一切的时候，总想离开这个公司，但想到余勉时，心里觉得真要离开这个公司了，还有点对不起他，毕竟，他让我看到了公司长足发展的另一面，毕竟，我还有许多经验要学，譬如，怎么去控制终端销售商，怎么在空白地区开展加盟，是的，这些都是我需要学习的，毕竟，这个平台还算可以，还可以在这里练练兵。

看阳光多好，不去想这些了，看那垂柳，那舞剑的老者，那遛狗的女人，那晨光里花瓣上的露珠儿，以及水面上盘飞的水鸟……

减字木兰

没有人知道我叫减字木兰，除了那个叫飞天的网友。

我们已经好久没有聊天了，记得第一次网上聊天时，我刚毕业，在一个网吧里当收银员。

那个网吧不是普通意义上的网吧，实际上是一个很高档的咖啡店，我去那里当收银员完全是觉得自己无聊，因为那是我同学的姐姐开的。

那是一个很枯燥的上午，咖啡店里空无一人。除了阳光中浮动的灰尘外，一切都是静止，书架上花花绿绿的DM杂志，和半开的窗帘所形成的钝角里，我漫无目的地在网上浏览着，等我从城市联盟的聊天室退出来后，ICQ 的面板上一个陌生人跳了出来。

我起初并不想加好友，等两次请求后，我便一摁鼠标通过了。

那个陌生人就是飞天。

飞天说，一大早上 QQ 的人，一定是一个对时间很奢侈的人。

而我隐身了几分钟后，终于说，时间难道不是用来浪费的吗？你不是正在浪费自己的时间？

飞天说，你很特别，怎么叫这个名字，再加一个“花”字就成一个词牌名了。

我喜欢古典的、传统的东西，像宋词。我用智能 ABC 输入法，敲得很快。

当那个上午很快流逝掉的时候，我才知道飞天很喜欢艺术，原来是个公务员，后来为了自己的梦想，才辞职来到了这个城市，而来到了这个城市后，他才发现自己是那么的渺小，渺小得如一只蚂蚁。

飞天说他就是一只蚂蚁，他曾像蚂蚁一样在地下室里住了两个月零六天，在那两个多月的日子里，他深刻地体会到了卡夫卡《城堡》里的感觉，那种灰色调的境遇，会像烙印一样打在他的血液里。

在那以后的很长一段时间里，我总是回忆起飞天的话：城市他妈的就是一头野兽，被现代文明砍去头颅的野兽。

而我们筑城而居，到底是为了什么？捉襟见肘的工业文明为自然带来的伤害到何时才能终止？

当我望着越来越多的绿地被水泥钢筋抢占，越来越多的河流污水横溢时，我就想这个问题，我想着想着，就几乎绝望了，虽然转念一想，我这类似于荒唐的杞人忧天，但我为什么会对此莫名的感伤呢，像感伤一朵花的枯萎？

窒息的鱼

我宁愿是那鱼缸里窒息的鱼，一大早，我就想变成那条鱼。

早会的时候，朱胖子发脾气，说武汉市场又出问题了，窜货，怎么总是窜货？其实他应该自己检讨一番，检讨一下他的那些当领导的亲戚，不是他们谁敢这样做呀？还有那个销售副总李倩，装得像没事似的，怎么出问题了矛头都对准了余勉？

余勉看起来有些憔悴，在会上他甚至都没说话，他只是微微地皱着眉，会议结束后，我为他送去了麦片，他说不用了阿美，他已吃过了。

整个上午，我没见他出来，整个上午他的办公室里烟雾缭绕，其实，我很为他打抱不平，但我又能对他说些什么呢？

一个上午，我什么也没做，也不知道要做哪个计划，也没心情去做。中午的时候，我为鱼缸换水，并打开了曝气泵，听着水泵哗哗打水的声音，我的郁闷才缓解了一点儿。

下午的时候，我实在憋不住，为了一个小单子和李倩顶了几句。李倩像疯了一样对我吼，说她大小也是个副总，怎么话就不管用了。

我知道我很固执，但只要我有理，我一定会坚持的。

下班后，我憋了一肚子的气，连卡都没有打就走了。我讨厌这样的工作氛围，我讨厌这楼梯这街道这树木这巴士这红灯这绿灯，我想我体内快要决堤了……

晚饭是米，但我没吃一粒。接到余勉的电话时，我刚把米从微波炉里取出来。

街道很窄，余勉的车显然是被堵到那里了。

我上车。他微笑。他说，还生着气呢？今晚我请你去贝贝宝迪。

贝贝宝迪是一个很热的慢摇吧，场子不大，但DJ的号召力很强，深夜热舞起来，个个像着了魔一般。

由于去酒吧过早，我们先去吃了巴西烤肉，在那里，我原以为他会说我几句，但他没有，他只是说，凡事要掌握一个度，真理向前跨进一步就是谬误，你明白我说的话吗？

我低着头，我知道他说的意思，其实，和李倩顶过嘴后，我就知道我不应该那样，毕竟她在公司里是领导。

只有尊重了一个秩序，才能维护一个公司。我知道这个道理，但为什么我会觉得自己像一条窒息的鱼？

凄凄的酸楚

你从不知道余勉有女朋友，但今天她却来了，开始你不信，等看到了那个女子后，你的心头怎么会有一种涩涩的酸楚？

那个女人叫霓裳，很动听的名字，你给她倒水时，你甚至闻到了她身上那浓浓的香水味。

她很美。

她的姿态优雅。她的姿态形同一朵盛开的大丽花，奔放，热情。她上妆后很艳，黛蓝的眼彩略显出一种异质的妖。

她在T台上走动时，胯张得过于大了，以至于有些夸张，你是在送开水时看到的，你看到的还有朱胖子贪婪的眼神，以及余勉专注的凝视。

你很失望地退出来后，一直站在镜子前呆呆地看着自己，那脸，那腰，那一身职业化的裙装，你觉得自己是那么的丑。你这样想的时候，就开始沮丧了起来，一个下午恍如曝光的胶片一样，怎么也显现不出它的颜色。

晚上，去海底捞吃火锅，朱胖子挨着你，他毛茸茸的手一直在你的裙子边缘摸来摸去的，你很恶心，在心里骂了他上万遍，但碰杯时还得面带微笑，诚惶诚恐。

饭吃到一半时，不知何故，霓裳和余勉就走了，你趁机也起身告了别，把钱小豪和朱胖子傻愣愣地留到了那里，管他们呢，你心里想，下一次打死你也不和这类猪一起吃饭了。

灯火辉煌的街道，到处散发着物欲横流的气息，你在出租车微微的汽油味儿里感受着阵阵的凉意，车过二七广场时，忽然觉得天桥就不是天桥了，它巨大的钢结构难道不是卡在你身体里的钢钎吗？这穿梭的人流，又有谁能感受到那焦灼的，类似于有齿叶缘划过的微微的痛？

夜很黑，究竟把什么烧成灰。你忽然听到了林忆莲，你知道这世界可能就是无法完美的，就像林忆莲和李宗盛，不也是离婚了吗？

潮湿的梦境

飞天说他恋爱了，他们相互疯狂地爱着彼此，但那个女孩还是选择了离开。

飞天很痛苦。飞天说，他无处倾诉，那个女孩此刻就睡在他的身边。

你不知说什么好。你想起了自己近来的遭遇，像梨花带雨，兀自地哭了起来。你不知道为什么觉得委屈，但你的确是委屈着的，要不然怎么会哭？

你想到了余勉，想到了你们第一次在人才市场见面时的情形，余勉那目光，那目光中有多少从容和坚定？你发现自己暗恋上这个男人时，觉得自己很可笑，怎么可能？当你真正地感受到那种痛苦的力量存在时，不是在霓裳出现的那一刻吗？

你怀疑过自己，当怀疑被证明，内心被凸现，你怎么就像一只受惊的小鹿惶惶不安起来了呢？

你很想找人聊一聊，哪怕只是说几句。

你在网上等了好几个晚上，飞天的头像一直暗灰着，你甚至搜了很多的 ICQ 黑客软件，来看飞天是否在线隐身。

飞天的头像在一个深夜终于亮了起来。

你正想说话时，他却开始说话了，仿佛冥冥中有一种命运的安排。

他说，痛苦像结晶的琥珀，他就是琥珀里的那只被定格的虫子。

你说，你暗恋上了一个男人，可那个男人有女朋友，你也很痛苦。

同是天涯沦落人。飞天一连发出了很多握手的小图片。飞天接着说，你应该努力去争取。凡事虽然可遇不可求，但遇到了一定要去求，否则，你日后一定会恨自己的。

你茅塞顿开，犹如一支羌笛，校了笛孔，音域广开。

那晚，你第一次睡得很香，像吃了两粒安定。那晚，整个夜色都是灿烂，你恨不得一睡下去就不醒来，因为那晚，你又做梦了。

那是一个很美丽的梦，你梦到余勉挽着你的手，就像那晚在贝贝宝迪那样紧紧地挽着一样，你们一起在阳光下走着，穿过一片树林，怎么就步入了一个带有哥德式尖顶的教堂，那教堂有红红的地毯匝地，有鲜花摆满了桌椅……

焦灼或幸福形状

我焦急地看着他，目不转睛。

他头上缠着纱布，他左脸上还有伤口和碘酒的痕迹。为什么不醒，已经有 6 个小时了，那个戴眼镜的主治医生不是说了，没什么大碍吗？难道会有什么意外？拍片子不是说了只有脚趾骨折了吗？还会有什么？那些外伤，会形成脑震荡吗？

我一直站在床边，我不知道为什么心神不宁的。那个叫霓裳的女人也在床边，她一直握着余勉的手，在喊着飞天飞天什么的，她的手臂是划伤了的，她的旗袍上还有血迹。

我不知道他们是怎么出的车祸，但我知道，一定是为了这个女人，这个头发很乱的女人，这个一直握着余勉手的女人。我不知道我的心里为什么会聚集仇恨，仇恨的浓度类似于敌意，等那个女人走后依然没有消减。

我一夜没睡，是的，一夜，一夜不就是 12 个小时吗，我看着这个刚刚醒来又入睡的男人，我忽然想哭，我为他默默祈祷了一夜，而他只是苍白地看了我一眼，但总算他彻底醒了，醒了我就放下心了。

我叫医生过来的时候，医生说只要醒了就表示没有其他什么事，等查房时再说吧。我很不情愿，但还是走出了医务值班室。

太阳出来了，太阳很红，我忽然觉得这个太阳是和往常不同的一个，它是那么的新鲜，尽管已经是上午10点。

余勉又开始眨动他那双大眼睛了，他很乐观，他说，大难不死，必有后福，我一定要去香山寺烧高香。

我一边削苹果一边说，香山寺是哪里，我怎么不知道？

你知道枯木禅吗，武侠小说里的绝学，就是在香山寺里练成的，香山寺就在平顶山的西郊，火珠峰之巅，可惜现在被毁了，只剩下了一个古塔，原来的规模大于现在的中岳庙。

我把苹果削成了一片一片的，我说，这样吃可以吗？我用小刀扎着给你。

余勉张开了嘴，那一刻，我是幸福的吗？我看到他的眼睛在近距离地看着我，开始是我的脸，接着是我戴着大耳环的耳朵，后来肯定是我的头发和脖颈了……

浮生记

只要看，你就能看到水波里，
我蝴蝶的眼睛。

只要听，你就能听到烟雾中，
我幽兰的呼吸。

我是你的一个梦，翻越，
另一个梦。

我是你女人的颜色，涂满，
这下午的平静。

我还是幸福，只给你，
一点点。

然后，展展翅膀，
飞走了。

我快乐着，
我是什么，不重要。

只要，你需要我，
就唤我的小名。

浮生记

第一章

1

雨水在这个夏季总是下得很大，有几次我们的演出几乎都要被中断了。我们租住的楼房，在勐拉这一带不是很常见，它硬梆梆的水泥钢筋结构，和周边的简易竹楼有着明显的区别，如果你走进去，你会发现它原来是个宾馆，豪华的装修虽然有些过时了，但在破败中还能透露出一丝奢侈。我是在一个无聊的下午，乘出租车去卧佛寺公园时，才从一个司机嘴里知道，这里曾是勐拉最豪华的地方，前几年由于亚太地区的经济危机，旅游业的极度萎缩，才一下子衰败下来的。

虽然缅甸的气温最高可达 35℃，但在勐拉这一带，气温似乎一直就不怎么高，也许是由于原始森林的缘故吧，更或许是因为伊洛瓦底江，空气中一直弥漫着一种连阳光也无法驱走的潮湿。我有时很讨厌这种湿热的空气，它总让人感到粘粘的，像出汗，如果再穿一些纤维类的衣服，会感觉特别不舒服。也正是因为这个原因，我们在晚上睡觉的时候总开着窗子，尽管我们的窗外就是一条窄窄的街道。

我们的演出一天只有两场，只有在节假日散客多的时候，才在午夜加演一场。当午夜我们疲惫地返回宾馆时，除了冲掉满身的脂粉外，就是看那台只有两个频道的电视了，我和兰丝、薇拉三个人是住在一个房间里的，尽管房间很小，但很干净。

兰丝是曼谷人，她的身材很好，她每天除了注射激素外，很少吃东西，即便吃也是搭配好的东西。她跟我说话时，总是嗲声嗲气的，她的英语不好，很少和别人交流。而薇拉的英语则流利极了，她是混血的韩国人，有一半基因来自英格兰。薇拉能说简单的汉语，就像我能说简单的韩语一样。

由于卫生间很小，我们总是轮流着洗，一般是兰丝在先，我在中间，而薇拉在后。薇拉在洗澡的时候，总是把水开得很大，哗哗的水声，总让我感到是在海边，特别是在午夜，我将睡未睡的时候。

我有一个家，在泰国清迈的一个小镇上，但我已好久没有回去过了，除了给家里定时寄钱外，我几乎和家里没有一点联系。我漂亮的母亲是中国云南人，虽然她一直反对父亲让我走上了这个道路，但最终我还是走了上来。

我的人妖生涯开始在 8 岁，或者更早，这样的事情在泰国很平常，虽然在当时我没有决定权，但我一点也不恨我父亲，对于三个儿子后的又一个儿子，对于一个即将破产的手工业主，他是有权决定一切的，就像我在若干年后的今天，我有权决定我自己的生活一样。

我是在16岁的时候，开始登台表演的。起初只是伴舞，站在舞台的最边缘，像一个拔掉羽毛的孔雀，后来，我开始用母亲教我的汉语唱歌了，汉语使我从舞台的边缘，慢慢地移到了中心，逐渐地，海报上有我的名字了，我的名字叫宫华。

我从来就不认为我的表演是艺术，也不想让别人认为是，当我在舞台上看似随意地抚首弄姿时，它的背后其实隐藏了我多年的努力和汗水。我是一个注重细节臻于完美的人，我想我应该比女人更女人。在舞台上的时候，我常常有一种虚无的热情，特别是头发上插满了羽毛，在疯狂的音乐中扭动时，我会陶醉，我会满身汗水地盛开着，像火红火红的美人蕉。而在舞台下，除了和观众合影外，我很少把自己暴露在别人的视线里。我平常只穿很朴素的衣服，偶尔也穿旗袍或吊带短裙什么的，但多半是在夜晚。和所有其他人妖一样，我也属于夜晚动物，当没有演出的时候，勐拉的蓝盾夜总会是我们唯一可去的地方。

勐拉的街道都很窄，窄得一下雨就塞车。每当黄昏来临的时候，也是我们开始工作的时候。我们一般都要提前一个小时到达演出剧场。一场成功的演出，所要准备的东西很多，但我们要准备的只是化妆。

虽然我个人比较喜欢淡雅一些的妆，譬如只在唇上涂一层暗亮的唇膏什么的，但在演出时，这几乎是不可能的。为我化妆的是一个矮个子的女人，她的头发总是向上扎着，走起路来一荡一荡的，像喷泉形成的水波，我曾试着弄过几次，但头发怎么也弄不出她的那种效果。我有一次曾问她，而她却笑着用不太熟练的英语说，你还觉得自己不漂亮吗?

由于我能说英语和汉语，所以除了表演歌舞外，还要报幕，一场演出下来，我总要换几套衣服，化几次妆。那个矮个的女人总是很麻利，她总能在一个节目和另一个节目的空当里，把我从一种模样变成另一种模样。

在演出前，我常常看着镜子里盛装的自己，心中有一种说不出的滋味，与其说是一种虚荣，倒不如说是一种骄傲和伤心，我模模糊糊想着一种遥不可及的爱，一朵花，在光线背后那无人关注的凋零。

总是铃声打破一切，总是音乐奔流如水，幕升起来的时候，一切思绪都终止了……

2

从卧佛公园出来后，我和薇拉谁也没有叫车，尽管有几辆出租车一齐靠了过来。出租车司机的眼光一般都很敏锐，他们扫一眼几乎就能知道我们的身份。人妖在勐拉很常见，街上到处都有勐拉万国大剧院的宣传广告，其中有一幅还是我的剧照。那广告已经立那里太久，甚至有些褪色了，但依稀中还能看到我浓妆的脸、高耸的胸和雪白的腿。

我对我人妖的身份从来没有感到自卑过，我好像感觉我一生下来就应该是个女人，在人妖艺术馆的长期训练中，我已习惯了脂粉、香水和华丽的服饰，我宁愿一辈子做舞台上的人妖，但我知道那是不可能的，人都要衰老的，人妖也许会更快些，我想到这一点时常流泪，一种黯然伤神总是在那一刻把我牢牢抓紧，我试着摆脱，但又不知道怎么挣扎。

乘车去卧佛是薇拉的建议，薇拉的妆化得很浓，像在演出时那样，而我则淡一些，把头发梳了梳，挽在了脑后，穿了一件裸背的黑丝袍。

接近中午的阳光，致密地照着所有的椰子树，美人蕉开着，那巨大的花瓣，在风中颤动着，好久没有这样惬意地享受阳光了。

在公园的长椅上，薇拉翻开了书，薇拉说，她喜欢像河秀莉那样活着，她想成为明星，但一到曼谷后才发现，一切并非她想象的那样。

薇拉来缅甸也许是因为我，也许不是，但我能感到她看我时的眼神，或许是出于同类的爱怜吧，我一直把她当作最要好的朋友。

我们沿着大街走着，大街上熙熙攘攘的，到处都是人，我能听懂一些汉语和英语，他们在沿街的珠宝店里交易时声音很大，薇拉和我都很喜欢珠宝，我们禁不住走进了一家。

店主是用汉语和我交谈的，我尽量控制着嗓音，我的声音一被控制就开始发嗲了，店主看着薇拉半裸的乳房和我低头挑选玉器时所露出的乳沟，像忽然明白了什么似的，他极力从柜台后面又拿出了一些更精美的玉饰，薇拉很快地选中了一件，交易用的人民币，店主很殷勤地送我们出了门口，这里的每一家店主，都很清楚我们一月高达1万多元的收入。

3

兰丝的手细长细长的，软得像一种森林中不常见的有毒的蘑菇。我平躺着解开了红色的吊袜带，兰丝说她喜欢我的腿，那么白，像鱼一样光滑。我解开了筒裙的带子，一点一点地解……

夜在窗外喘息着，像兰丝温热的唇，舔着我的痒，我的生，我的死。我没有必要拒绝，我迎合着，这不是我的第一次，也不是她的第一次，我们的第一次是在曼谷的一个剧院的化妆间。

那个夜晚是一个意外，我穿着深蓝深蓝的拖地裙，我在舞台上的脚步很小，当所有的音乐结束时，我以为该退场了，我跌倒后才发现我的裙子是被我自己踩着了，幸亏光线还没有亮起来，我被迅速地扶下台后，就坐在化妆间里。

兰丝还没有上场，兰丝正对着一面大镜子，在整理自己的腰封，那腰封很短很短的，被几个纤细的带子系着，兰丝见我一瘸一拐地进来后，就很关切地走了过来，兰丝嗲声嗲气说，怎么了宫华？

我撩开了裙子，把我修长的腿露了出来，是兰丝帮我脱的裙子和吊带袜，兰丝的手很柔很柔，当它停到我的胸部时，我忽然感到了一种莫名的心跳，兰丝把她艳红艳红的嘴唇低了下来，兰丝的吸吮很有力，虽然只持续了半分钟。

我重新系好了乳罩的带子，靠在沙发上回味着刚刚发生的一切，我不知道兰丝怎么会激起我的情欲，但我白嫩的乳房上确实还留有她的口红，她的气息……

4

你敲门的时候，我正在洗澡，我以为是兰丝，便裹着浴巾，打开了门。屋里很乱，床上堆着我的乳罩吊带袜之类的小内衣，空气中飘着海飞丝浓浓的甜腥味儿。

你犹豫了一下，还是进屋了，你进屋时很客气，你用流利的英语问我，你懂汉语吗？

我的头发是用白浴巾包起来的，我点头时，头发就散开了，我的头发在你眼里肯定像瀑布吧。你很拘谨地看着我，你说你是一个搞摄影的，你想请我当模特儿，不知道我愿意不愿意。我犹豫了一下，而你接着说，我是付费，不耽误你正常的演出。

你临走时留下了地址，那地址是用汉语写的，那是一个宾馆的名字，房间号是603。

我凝视着这洁白的纸张，忽然想到我曾在哪见过你，是在演出时还是在结束后照相时，我已记不起来了，但我记得你的目光，那种像射线一样很容易穿透人的目光。

我在意识中渴望过男人，像所有的人妖一样，但我知道我不是真正的女人，我有时会羡慕作为一个真正的女人是多么的幸福，但我更知道，我同样需要爱，哪怕是对我的伤害。

夜又像一大块黑幕一样降临了，兰丝、我和其他的几个人妖，成十字方阵在舞台上扭动着如蛇一样的腰肢，我忽然看到了你，你就坐在前排的左边，你看到了我了吗？那个只戴着水晶乳罩，背后插着许多艳丽羽毛的就是我，你的目光在黑暗中游动，你最终会停在谁的身上？

音乐还在响，音乐中流淌着一种堕落快感，你终于看到我了，我知道那是你的目光，它会落在我裸露的肩上胸上腿上，还有我颤抖的心上，我极尽能事张扬着我所有的性感，我就是你漂浮的欲望的形状，穿过灵魂的缝隙，你能打捞出一个人妖的怒放的本质吗？

大幕合上之后，我满身汗水地回到了后台，下一个节目该上场的那些人妖们，已经积聚在了舞台的左边，在做着最后的准备工作。我推开化妆间的门便坐了下来，由于我穿的欧式高跟鞋后跟过高过尖，在舞蹈停下来时，总是感到脚涨涨的，有一丝生疼。

那个矮个子女人又开始给我们一个一个地补妆了，由于下一个节目，我要演一个中国唐朝的妃子，所以，她为我化的妆特别细，从眉毛到鼻子再到两颊，然后是发型和耳坠，最后，才是薄如蝉翼的纱。兰丝很早就对我说过，她喜欢我这样的装束，也许是因为我的血液有一半是来自中国的吧。

表演泳装的节目终于结束了，灯光再亮时，我已置身于舞台的中央了，我的堕马髻是戴的假发，我透明的抹胸里什么也没有穿，白纱的宫衣很合身，硕大的牡丹是我唯一的红，我真是杨贵妃吗？我啜饮着你的目光，我醉了，我有大唐贵妇的雍容吗？我舒缓地完成着每一个动作，我的一颦一姿，都是为你绽放的生命之蕊，你看到我胸口的那朵牡丹了吗？那光艳的荣耀的是我那颗炸裂的心，光线在变幻，一种色泽和另一种色泽的涂抹与交融，我像蝴蝶一样展着翅膀，我快飞了，一个宫女终于扯去了我肩上的纱衣……

5

电梯上升时，我有些晕眩，我趔趄了一下，而你马上扶住了我，你的手很有力，很粗糙，我多么想你一直就这样抓着我的手臂。电梯很小，空间里充满了我身上的香气，只有我们两个人，你喜欢这种香吗？那是一种我不常用的法国的香，你闻到了吗？我这低胸裸背的白裙子，是我刚刚定做的，它会让我看起来更迷人吗？我并没有化浓妆，我只是涂了莹亮的眼彩和唇膏，这样不是让我看起来更高贵吗？你始终没有说话，你是在宾馆的门口看到我的，你对我的来临有些小小的吃惊，好像你没有准备好似的，你正要出门干什么，我还是嗲声嗲气地问了你。

六楼终于到了，上升的速度希望它很慢时，却很快。你很绅士地请我先下，走廊很长，采光不好，小壁灯在白天也是橘黄橘黄地亮着，女服务生为我们开门时，回头看了我一眼，她的嘴唇很红，我能闻到一种劣质香水的味道。

你打开了空调，其实天不热，但你似乎不习惯这里的气候，你说你喜欢清爽的空气。

你开始抽烟了，那烟雾上升时，一绺一绺的，纠缠着，弥漫着，像你乱乱的头发，你说你来这里已经半月了，你想拍一组有关当地风俗的照片，你已经找了几个模特儿，但最终还是看上了我。

我喜欢你的美，那种舞台上艳艳的脂粉味，那种舞台下如水的清纯，你说话很直接。我低着头，我两颊燃烧着瑰丽的云霞，这毕竟是我第一次羞怯，它几乎让我记不住你后来都说了些什么……

午餐开始的时候，你的助手也来了，他是典型的缅甸人，皮肤很黑，个子矮矮的，但很精神，目光透露出的精明，让人一看就知道是个生意人。他是当地的中国通，能说一口流利的汉语，甚至还能用一些歇后语和我不太懂的典故，我对中国的文化了解不深，我虽然能说一些汉语，那也是因为母亲的缘故。

我吃的菜很少，不是不合口味，而是害怕自己的身体变形。其实我每天都吃得很少，我在曼谷时就养成了一种节食的习惯，我很喜欢喝中国的一种碳酸饮料，叫什么健力宝，你看我喝了几听后，又让服务生多拿了一些，我微笑着表示谢意。

你的计划其实不复杂，只是你的那个助手把简单的事情搞复杂了，你用的是他的三菱出租车，他想让你跑遍所有的景点。你们谈了很久很久，我中间站起了几次，由于我听不懂你们所谈的细节，所以我想看看窗外的那些桉树，还有那些宽叶的不知名的乔木。

大厅里的沙发很长，我在窗前站了一会儿后，就坐到了沙发上，服务生很殷勤地给我端来了一杯水，我喝了一口水后，在玩味那杯子时，才发现我的口红粘在杯缘上了，我从手提袋里掏出了口红和镜子，我补妆时却看到你出来了，你是在找我吗?

大厅里很吵，是音乐和用餐时所发出的声音的综合，你看着我，很歉意地说，怎么跑到这里来了？午后的一束阳光斜斜照着你，在那一瞬间，我发现你的头发很黑，你的白衬衫像雪一样在我的瞳孔中燃烧着……

6

我就这样轻易地放弃了下午的演出，只因你说我们一起走走吧。我出来的时候，并没有这样打算，我对我临时的决定感到很奇怪，我一向很看重自己的演出的，这不仅仅是金钱的缘故，还因为一些我说不出的对虚荣的一种向往和依恋。

我是用你的手机拨通了团里的电话的，团长问我是不是病了，而我支支吾吾就把电话挂了。我们沿着小街向前走着，阳光很茂盛的样子让我出汗。你说你喜欢这样偏僻的街，有竹楼，有芭蕉叶，偶尔还有身穿黄色袈裟的小和尚，可我早已习惯了这里的一切，那些尖尖的、金碧辉煌的塔，那碧绿的稻田和稻田里的水牛……

我们是沿着小路上山的，到处是灌木和野草，阳光斑斑点点地透过树叶，射到你身上，阳光使你充满了一种我难以企及的朝气，我走得很慢很吃力，是因为我的鞋跟，我的鞋跟太高了，我的鞋跟几乎使我每走一步，都感到一种艰难，但最终我还是爬上来了，我爬上来就把鞋子脱了。

进寺前都要把鞋子脱掉吗？你问我时，我早已把鞋子脱了，有几个小和尚在看我们，他们早已熟悉了你们这些中国游客，他们好奇的也许是我，是我裸露的肩膀和脊背。

从山顶的金塔回来后，我有些疲惫，你并没有留我，你只是让出租车直接把我送回住处，我的房间里没有一个人，我脱下了裙子，我揉着我的脚，我听见你离去的出租车是鸣着长笛的。

你不信佛，但你在卧佛面前的跪拜是虔诚的，你双手合十默念着什么？我在你身旁也跟着跪了下来，我不知道我要祈祷些什么，但我想和你一起跪下来，哪怕只有一秒钟。

山风有些凉，我们在鸟瞰整个勐拉时，你忽然问我，你为什么做人妖？我的心忽然掠起一种尴尬和伤感，我的脸白了一下，什么也没回答。因为从来就没有人这样问过我，我也从来就没准备回答。

沉默一直弥漫到我们下山，你忽然看到了我眼中的泪，你把手伸了过来，我的脸颊和眼睛，就这样被你触摸了。

出租车司机并没有回头看我们，你的触摸很轻，轻得就像丝绸划过我的皮肤。从来没有真正的男人触摸我，从来没有，我在你抚摸后感到了一种细胞的炸裂，我几乎激动得抑制了呼吸。

我是说，你为什么不变性，像一个女人一样活着？你的补充终于让我的泪流了出来，你有些不知所措了，轻轻地抱着了我……

7

又一个下午来临了，又一个下午会是我生命中的第几个下午？我已记不清了，当演出结束后，所有的人妖都会衣着光鲜地从后台跑出来和观众合影，那合影是虚荣的、有偿的，像人妖表演的本身。

薇拉穿着粉红的透视装，像一朵罂粟花一样在人群中开着，而我则穿着高开衩儿的旗袍，亮闪闪的，不停地和一些中国游客合着影，所有的人妖在金钱的背后都闪烁着职业的笑，而我却在心里惦记着你，你现在会在哪里？

我会说汉语的优势发挥得淋漓尽致，由于你，由于那都是你的同胞，我妩媚的笑是纯洁的，不含一点职业的，尽管在你同胞眼里，我的美可能是病态的、畸形的，通过他们合影时跟我保持的距离，我就能很深刻地体会到这一点。

几个更年轻的人妖从剧院里出来后，我明显地感到有些被冷落了，她们的确很美，我一点也不嫉妒她们，她们有的只穿着三点式蕾丝内衣，只是我再也不想那样穿着了，我感觉我真的有点老了，我的青春也许快成一顿剩饭了。

我退回到一个角落里，打着伞，无聊地望着远处池塘和椰子树。靠着墙壁，我开始抽烟了，我又无端地想起了你，你礼貌的拥抱是那么的轻，为什么至今还能让我感到温暖？

又有几个游客穿过人群围了上来，其中一个很像你，如果他摘掉眼镜的话。我熄灭了烟，因为你，我的激情又被点燃了，我迎合着他们，做着各种妩媚的姿势。我听见他们说，看起来我像个中国人，乳房那么大是不是吃激素吃的，还是手术过，更多的话语我听不懂了，他们有的人用的是方言，叽里咕噜的，像一种鸟的叫。

我低头看着自己起伏的胸部，那的确是激素的效果，那种沉甸甸的感觉是在我 16 岁时就有的，当我第一次戴上蕾丝乳罩时，我并没有想到 6 年后的今天，它会发育得这么大。我很害怕激素对身体所产生的副作用，但我知道我离不开它，恐怕所有希望自己永远漂亮的人妖都离不开它。

勐拉的天空在接近傍晚时，总是飘着许多云霞，它们有时连成一大片，像汹涌的海一样翻腾着，有时则相反，彼此孤立着，如一朵朵巨大的美人蕉，而夕阳总是温情地涂抹着万物，直至它香销魂散，化作远处森林上空的一团遥远的瘴雾。

所有的游客都散去了，你仍然没有来，我有些失望，一些人妖开始返回剧院了，而我呆呆地站在墙壁的拐角处，心冷冷的，像下雨。

薇拉扭动着腰肢走过来时，我刚把一支长长的云烟抽完，薇拉很喜欢这个牌子的烟，薇拉要了一支说，你怎么看起来闷闷不乐的，像丢了魂一样。

丢魂，我的魂儿真的丢了吗？它会丢在哪里？是山顶的金塔里？还是你深深的带电的目光里？我不知道我对你的感觉叫不叫爱，但我知道每每想到你，我的心跳就会加速……

第二章

1

他开始为你拍照了，在椰子林的深处，你只穿了一层透明的纱，你按他的要求做着各种姿势，那对你来说是轻而易举的，就像在舞台上，就像你 8 岁起对着训练厅里的那面镜子，艺术是严肃的，虽然它表面上看来是轻而易举的。

他很满意你每一个姿势，他知道你很专业，但并没有料到配合得会这么默契。他大部分的时间是皱着眉的，他偶尔的笑会让你很动心，你在暗中感谢着佛祖给你的这种恩赐。

去中缅友谊塔的下午，天又下雨了，他让你穿着地道的“纱笼”，站在塔前的台阶上，他本来是打算从低角度拍蓝天和你的身影的，但最终还是拍了雨景。他在回来的途中兴奋地说，我抓住了那种庞德的湿漉漉的花瓣的感觉了，你低声地问谁是庞德时，他却笑了，他说那种感觉只有他清楚。

数天的奔波、紧张的演出和那天的雨水，你终于感冒了，你的头烧得像个火盆。兰丝和薇拉都很关心你，但你知道你需要他，他是一剂更好的药。

你醒来后就这样孤独地躺着，你望着天花板，你望着窗户外那窄窄的街和一抹湛蓝的天空，你的心湿湿的，像一朵飘在流水上的落花。你能感到那种孤独是有形，像你胀胀的乳房撑着胸衣。

他来的时候你睡熟了，你的病房里静静的，没有一个人。他把一束花放下后看着你，你裸露在被单外的手臂很白，他甚至能看到你手背上细细的、成网状的静脉血管。

你是在醒来后，才看到那束花的，那束花在光与影的交错中开着，虽然它明天或后天可能就凋零了，但它真正地盛开过，它的蕊像血一样红过，这难道还不满足吗？

你又想起了，他的手，他的抚摩，在树林深处，那个黄昏，在你换衣服时，他怎么就从背后抱着了你？

他的吻是从你光洁的后背开始的，你没有挣扎，你只是享受着，一种触电的感觉是从来没有过的，你转过身在寻找着他温热的嘴唇，你终于在他激情的深渊里抓住了他的呼吸，他在你轻声的呻吟中解着你尚未扣完的旗袍的扣子……

护士来换药的时候，你才感到了手臂的麻木，你已经半年没有打过点滴了，你的心脆弱，像女人一样害怕血，其实你早以为自己是女人了，只是在洗澡时，才隐隐地感到了某种致命的痛，世界是不和谐的、扭曲的，你常常用这句话来安慰自己的痛苦，来肢解自己的欲望。

2

兰丝来了之后，又有几个人妖来看你了，病房里一下子挤满了人，脂粉味、香水味和酒精味混杂着，在空气中轻轻地弥漫。这个医院的病房不是很大，但条件还可以，其实，在勐拉像这样的医院很多，你被送进这家医院，只是因为这个医院接受人妖，并为人妖设置有专门的病房。

开始的时候，你并没有想到病会这样严重。可是在深夜你烧得开始说胡话了。你被送进医院时，东方的天空刚刚露出鱼肚白，你还记得那红色出租车，那医院冰凉的活动床，那针刺的疼，和你紧抓着的兰丝的手……

医生是一个白白净净的、风韵犹存的中年妇女，她说话和走路都很轻，她说，你这是病毒性的感冒。如果不及时治疗会转成肺炎的。你有一丝不安了，你迫不及待地粗着声音问，很严重吗？她仔细地看了你一眼，这时才意识到你人妖的身份，她接着说，没有什么严重的，只是要在这里住上几天了。

你病情好转的时候，心情也会跟着晴朗起来。两天的治疗虽然很短暂，但在镜子里你已能看到自己脸上红润的血色了，你的头发有好几天没洗了，它们一绺一绺纠缠在一起，让你感到很难受。你感到自己从来就没有这样邋遢过，你不知道他来时看到你的这副模样没有，他会失望吗？他会感到我和舞台上判若两人吗？

夕阳照着你素白的裙摆，而你却走出了医院的后门，医院的后门就连着碧绿的山，你沿着小路向前走着，你适应了木质地板的高跟鞋，怎会适应这里的山石和泥土？你放慢脚步。有几个傣族的姑娘，身着艳丽的服饰走了下来，她们头上颈上的银饰很亮很亮的，在夕阳下怎么就刺伤了你？你其实很羡慕她们，你在羡慕的同时，又想起了你心中的那块挥之不去的隐痛。

你黯然伤神时，夜色又降临了，夜色很浓很浓，夜色无法稀释人间所有的无奈和伤悲。

3

蓝盾酒吧又出现在你的眼帘里了，那闪烁的霓虹灯是夜晚暧昧的另一只眼，你像一条发腥的鱼一样游了出来，你相信你游动的姿势很美妙，你已感受到了许多人的目光了。

你坐在出租车上时，就有一种想飞的愿望，风是从打开的车窗处，吹进来的，风湿热地灌进你的晚礼服内，让你有一种被抚摸的感觉，好久没有这样舒心了，你感到了对于一个人来说，健康的第一重要性。

霓虹闪烁，霓虹闪烁中你终于看到了他，他就站在夜总会的外面，绿色的射灯使他的头发和衣服看起来斑斑斓斓的。

你旗袍式的晚礼服是丝绸做的，它的垂性很好。它高高的开衩，让你修长的腿在走动时若隐若现。你刚走上大理石台阶，他便一眼看到了你。

你的病彻底好了吗？他很关切地问你。你羞怯地点着头。你的头上特意地别着一朵黄黄的花，你走进夜总会后才发现，还有另一个人也跟着你们，那个女人穿着吊带裙，一头的黑发像一团卷曲的缎子，他见你敌意看着她，微笑着说，这是我的女朋友刘幼萍，刚从昆明来。

你的激情一下子灭了，像迎头泼来了一盆冷水，你的头几乎感到了一黑，但你马上又平静了下来。你是通过类似舞台表演的一种经验来掩饰自己的。你其实很痛苦，痛苦得好像你早知一场灾难的发生，而又无法避免它。

你开始喝一种很烈很烈的酒了，吧台里的小姐涂着很亮的唇膏，她的眼神很冷漠，让你想到了赤练蛇。

几个团里的人妖出现在舞池里时，你很有借口地就和他告别了，他黑暗的眼神是在挽留你吗？你有些醉了，你麻木地走进了舞池，你耸动着乳房，你招展着腰肢，你想和任何男人跳舞，但你最终还是在深夜2点，一个人清醒地回到了住处。

你脱掉所有的衣服躺下时，忽然感到爱情很缥缈，缥缈得就像一段梦，一段可望而不可及的、无法访问现实的梦，你说它不曾发生过，它却让你朦朦胧胧地记着。

你是在黎明一起床，就开始洗澡的。你反复地一遍一遍地洗着自己。你是在还原和修复自己吗？你望着镜子中的自己，那苍白的脸，那坚挺的乳房，它们曾是那么的熟悉，如今怎么变得如此的陌生？它们是你作为女人的不可拆卸的道具吗？

你心理失衡的时候，总是喜欢一个人去散步，在曼谷的时候，你是沿着湄南河，而在勐拉，你还会沿着那条你和他曾经走过的小河吗？

那河水里曾有你的影子，你的笑靥，和他的严肃和灵感，如今你一个人的凄冷，会让阳光感到疲倦吗？

4

你又开始平心静气地对待生活了。或者说是一种麻木，一种游离在空气中的毫无介质的麻木。剧院的前台看起来很豪华，其实后台很简陋，几块木板围起来的更衣室和化妆间，很潦草地显露着做工的粗糙，还有乱七八糟的电线和照明的设备，它们看上去总给人一种危险的感觉。你在更衣室挤满人的时候，从来就不背那些后台的工作人员换衣服。他们早就习惯了，或许你比他们习惯得更早，你道德里的尺度不是早就被畸变的生活所颠覆了吗？

盛装后演出前的空当是无聊的，一些人妖在嗑瓜子，在闲谈，一些在沉默中静静地等待着，还有一些正被团里的艺术指导训斥着。你有过这样的经历，这样的经历不是在每个人妖身上都发生过吗？你仍然记得第一次登台时的慌乱，那旋转的灯，那强劲的音乐，那舞台下黑乎乎的一切，你其实早有心理准备，但你还是怯场了，你恨过自己，但慢慢习惯后你发现，舞台其实是个很好的地方，舞台几乎是你所有的梦。

你不再想他了，你真的能把他彻底地清除出去吗，像清除你身体里的病菌？一切缘起缘灭，真的是一个轮回，像佛祖说的那样，空的，世间的一切都是空的。

演出虽然只有两小时，但你却感到了冗长，感到了一种身心交瘁的累，是因为你在默默地放弃吗，那内心最柔软的回忆？那生命难以承受的割舍？

他打来电话时，你并没有接，那铃声很刺耳，刺耳得就像一台救火车在血液中跑。薇拉把电话接住后，还是转给了你，你握着话筒沉默着，那声音很远又很近，他说他要回国了，照片会在半月后寄过来，还有你的报酬。

你没有流泪，你木木地放下了电话，你甚至连句再见都没说，就把电话挂断了，你很想去送送他，但你想到了他的女友，他女友在那晚看你的眼神。你最终还是躺了下来，睡眠会安慰一切的，尽管那种白絮状的东西是难以捉摸的、不可把握的。

第三章

1

已经是夜里 12 点了，我仍然没有吃一点东西，不是因为我不饿，而是因为我在暗室里，我一进暗室就忘记了一切，就像一个战士进入了阵地，我不是个工作狂，但我喜欢一口气把一件事情做完，做完了就可以把它彻底地放下，不再去管不再去问。我发现人的衰老，多半是因为考虑的事情太多，我之所以看上去这么年轻，可能是与我这种生活理念有很大关系的。

我等待已久的那些照片终于显影了，虽然发红的灯光很微弱，虽然它们还泡在水盆里，软得支不起架 ，但我已经看到了照片上的羽毛，和那张美丽的脸了，那张脸是多么的熟悉而又陌生，那张脸，它近在咫尺却远隔千里。

我的勐拉之行，其实是对西双版纳意犹未尽的狗尾续貂。我喜欢南方的这片神秘的土地，特别是那些原始深林，那些身着筒裙裸露腰肢的傣族少女 ，当我第一次看到杨丽萍用柔美的肢体，惟妙惟肖地表演孔雀舞时，我就暗自发誓有朝一日我一定要去云南。云南在我大学最后的两年里，总闪烁着一种形而上艳遇的感觉。

我表面的身份是郑州某报社的摄影记者，其实，我早已像一个逃逸的电子一样，游离在体制之外了。我喜欢一种冒险的猎奇的生活。我憎恨所有的平庸，就像我憎恨所有僵化的制度一样。我们报社的主编是一个只凭一篇20年前的政治抒情诗歌，而稳坐报社第一把交椅15年的老活动家。我讨厌他严肃的面孔，就像讨厌一版的新闻二版的绯闻和三版的广告一样。我开始开影楼的时候，并没有对他表示我要辞职，我是用每年对报社两万块钱的赞助，来购买我绝对的自由和一些不被别人所知的特权的。

我的影楼规模不算很大，只有上下两层，但生意却很好，由于地处闹市，所以我整天都感到吵，而我的暗室就设在楼梯间里，在白天顾客多的时候，我能听到高跟鞋不停地敲打楼梯的声音，而在夜晚，尤其是在晚10点之后，失去交通管制的车辆，就会像飞机大炮一样在窗外轰鸣着。我的工作常常会持续到后半夜，而在勐拉所拍摄的照片，就是在这个悄无声息的后半夜洗出来的。

郑州的夜色和勐拉的完全不一样，郑州是干燥的，喧闹的，多汁的，而勐拉与之比起来可以说是梦境。那种潮湿，那种缥缈，那种虚无的乌托邦气质……

我疲惫地躺在简易的折叠床上，几只蚊子在寂静中钻开了声音，它们在我耳边自由地飞着，我想入睡，思维之网却还在延展着，辐射着……

我恍惚中又回到了勐拉的剧院里，那圆形的舞台，那扭动的腰肢，那亮闪闪的水晶乳罩和五彩斑斓的羽毛，那些欲望的形状在意识中弥漫弥漫着，就又消失了。

我不知道我是何时入睡的，我甚至连鞋子都没脱，刘幼萍把我唤醒时，已是第二天早晨了。阳光明媚，从落地的玻璃窗射过来，金灿灿的，一片一片的，像展开的丝帛。

在所有的店员中，我最欣赏的就是刘幼萍，她不但麻利，而且很有心计，在处理各种比较棘手的事情时，她总是轻而易举地就能理会我的意图，并不动声色地弥补着一些漏洞，我们之间的默契丁丁早就知道，丁丁是我的女友，丁丁曾半开玩笑地告诫我，她可是我的表妹，你最好不要对她有什么想法。

2

月亮冰凉冰凉的，自从丁丁说她怀孕后，我一直有一种罪恶感，那种罪恶感让我一点也不想碰她，她说，你从云南回来后，怎么像变了个人一样。

她很主动，她的抚摸仍然没有减缓，我的欲望里没有一点火，我甚至知道我的枪膛也根本没有放子弹。

她等待了好久后，有些急了。她说，余勉，你到底怎么了？

我到底怎么了？月光下丁丁的肌肤很白，白得是那么的具体，几乎让我丧失了所有的想象，我是在被动中达到高潮的，我忽然觉得像动物一样无味，用肉体兑现的情欲是苍白的，赤裸的，缺乏幻觉的。

丁丁很快入睡了，而我模模糊糊又想起了那个缅甸人妖惊艳的美，那水晶乳罩里的白嫩，那旗袍开衩里的修长，那朦胧烟雾中盛开的金莲花的肢体……

情欲是一种什么东西，真的是一种激素对肉体的作用吗？

我为她擦泪时，她并没有反抗，她的皮肤像花朵一样柔软，她的表情让人生怜，我是情不自禁的，我为她擦完后，连自己也不知道为什么这样做。

蚊帐里又进蚊子了，也许是一只，或更多，我打开了台灯，丁丁没有醒，丁丁穿着紫色的鱼尾裙，像一条鱼一样正游在她的梦乡里，她只有两根带子的后背，被灯光涂了一层发黄的色泽后，看上去很性感，那几只或一只蚊子还在蚊帐里飞着，我忽然忘记了开灯的理由。

我开始做梦了，我抚摸着丁丁光洁的后背，和那两根细细的带子开始做梦了。我梦见太阳变成了一朵硕大的向日葵，并渐渐地羽化成了一张脸，一个人，一些高高的塔尖，我又看到了那些叶子宽宽的树木、八角楼和碧绿的稻田了。

一条蛇缠绕着我，冰凉而又光滑，我恐惧着，我在挣扎中几乎窒息了，渐渐地，那条蛇变成了一件镂空花纹的真丝内衣……

她的肉体就颤抖在迷离的夜色中，她半裸的酥胸，她的呼吸，她的舌尖……那无法抗衡的潮湿，和她黑缎子一样垂下的发丝……

我醒来后发现我窄小的内裤湿湿的黏黏的一片，我遗精了。丁丁早就起床了，丁丁见我醒来后，把一个崭新的内裤往我脸上一摔，十分厌恶地说，赶快把它换掉。

3

夜色快醉了，夜色妖娆，像刘幼萍短旗袍里的上半身，你在舞池里隔着一层薄薄的丝绸抚摸着她，她没有任何抵抗，她顺从地把你搂得更紧，她贴着你的面颊说，我比那个缅甸人妖漂亮吗？

你们的美是不同的，你很想这样说，但你最终还是说你比她漂亮多了，她只是女人的盗版。

那天为什么说我是你的女朋友？她的香水很浓，她继续在香水中求解着一个疑问。

音乐很缓，小号将续将断，一种缠绵，像血液中的氧气一样，在滋润着每一个细胞。她变换着舞步，轻巧得像燕子一样，在你的臂腕下旋转着。

你想摆脱，你想抵抗，你内心脆弱，意志不坚，我是你的挡箭牌，对吗？

她的声音很温柔，却像剑麻的叶子一样很有型，你几乎感到自己被戳穿了，看透了，她是一束看不见的伦琴射线，你感到了无处可逃。

那个夜晚，她的确是你的挡箭牌，她的存在给你界定一个性别的准绳，你在两天前就开始讨厌自己了，为什么会有罪恶的快感？那个人妖难道是一朵有毒的罂粟吗？你们之间其实没有什么，除了亲吻，除了有限的触摸，除了一种虚无的渴望，你太喜欢美了，而真正的美是一种伤害，就像落入尘世中的上帝。

你和刘幼萍跳舞时，你看到那个人妖在不停地喝酒，你第一次把刘幼萍搂得那么紧，刘幼萍在你怀里有轻微的挣扎，但你却把她抱得更紧了，你几乎能感到她浑圆的乳房，在她衣服中的颤抖。

那个人妖终于消失了，在茫茫的夜色中，她可能是一个人走的，她没有和你告别，你心情黯淡地松开了刘幼萍，你说我们回酒店吧，那一切就像一场戏终于演完了，你知道那仅有的观众，你像演给你自己看。

勐拉的夜色是难以让人入眠的，你半躺在床上开始抽烟了，那烟雾一缕一缕地上升，扩散，再上升，再扩散……

接近午夜的舞池里，人变得越来越少了，你的头胀胀的，酒精开始起作用了。

余勉，你是不是真的喝多了，感到不舒服了吗？

我送你回家吧。

回哪里去？回家，你表姐还能给我开门吗？

你的声音不知道怎么大了起来，舞池里已经有人勾头看你了，你是被她拖着走出舞池的，你下楼时一个趔趄差一点倒下，她小心地竭尽全力地扶着你回到了影楼。

简易的折叠床很快在你身下响了起来，是她为你铺的床脱的鞋子，她关掉灯走的时候，你忽然叫着她的名字说要喝水。

她一夜都没有走，她蜷曲在沙发上，直到你睡熟，直到你第二天醒来后发现她。

她的头发很乱，她白皙的脸几乎被长发掩住了一半。你的眼睛湿湿的，你低下了头，情不自禁地吻了她，她被你弄醒了，她直直地安静地看着你，她轻轻地说，我们不能这样的，不能的，余勉。

你的泪很热，滴在她脸上， 一种无奈是似曾相识的，你解她旗袍扣子的手，终于停了下来，你看到了外面的阳光，你听到了洒水车路过门口时那种单调的警示声。

4

丁丁很少来影楼，那天下午丁丁来影楼时，新来的那个店员还以为她是个顾客。丁丁很耐心地听着她介绍刚刚推出的各种新服务，丁丁后来对我说，余勉，你到底想不想结婚，孩子可已经两个多月了。

婚纱照我拍过无数次，等我真正地坐在摄影棚里时，我却感到很拿捏，很不舒服，特别是那些造作的姿态，那煽情的笑容。

丁丁的妆化得很浓，脸上厚厚的一层，走起路来只掉粉，而我的脸上说不出来是什么样的一种表情。

由于阵雨的骚扰，外景拍得很艰难，丁丁不停地要求着我那个留着长头发的助手，这样那样地拍，几乎把我原来的安排搞得一团糟。

我一句话没说，没好气地配合着，我渴望阵雨再来一场，我渴望这折折腾腾的一天快点结束。

我终于结婚了，在今年国庆节，刘幼萍是伴娘，那天雨下得很大，刘幼萍为丁丁打着伞，当我单独站在门口迎接客人时，刘幼萍忽然说，姐夫，祝贺你，你一定要好好地待我表姐。

整个婚礼的仪式像表演，我看着丁丁那大红的旗袍，那光滑的高高挽起的假发，忽然就想到了你，勐拉的今天也像郑州一样下雨吗？

我在婚礼上不停地走神，不停地想起你，我寄去的照片你收到没有？你会认为哪一张最美？其实我把最美的几张都留下了，其中一张是你站在椰子树下笑的那一瞬，还有一张我已把它挂在橱窗里了，那光彩夺目的玉颈，那旗袍被风偶尔弯起的下摆，那高高的开衩儿里的修长的腿，你是我想象中的天鹅，我几乎在现实里找不到一湾接纳你的水。

你今天怎么老走神？送走所有的客人后，丁丁一边脱旗袍一边问我。

我疲惫地说，我累了，一切像表演，感觉像程序。

我们并没有做爱，虽然这是洞房，我们的新婚之夜早在大二的时候就被提前预支了。丁丁很快入睡了，丁丁说结婚真是麻烦人，怪不得中国人都不愿离婚。

我又开始做梦了，做梦难道是我逃离现实的唯一途径吗？生活的出口到底在哪里？真的就是佛学中的空，空空如也的空吗？

图书在版编目（CIP）数据

新通桥之恋 / 余勉著. —— 武汉 : 长江文艺出版社, 2014.10

ISBN 978-7-5354-7470-4

Ⅰ. ①新… Ⅱ. ①余… Ⅲ. ①中篇小说－小说集－中国－当代短篇小说－小说集－中国－当代Ⅳ. ①I247.7

中国版本图书馆CIP数据核字(2014)第165362号

责任编辑：何性松　　　　责任校对：陈　琪
封面设计：依　恒　　　　责任印制：左　怡　包秀洋

出版：长江出版传媒 | 长江文艺出版社
地址：武汉市雄楚大街268号　　　　邮编：430070
发行：长江文艺出版社
电话：027—87679360
http://www.cjlap.com
印刷：河南省瑞光印务股份有限公司

开本：880毫米×1230毫米 1/32　　印张：8.5　插页：2页
版次：2014年10月第1版　　　2014年10月第1次印刷
字数：155千字

定价：28.00元